LES

MAITRES SONNEURS.

Ouvrage d'Alexandre Dumas.

LA COMTESSE DE SALISBURY.

6 volumes in-8.

On vend séparément les derniers volumes pour compléter la première édition.

Imprimerie de E. Dépée, à Sceaux.

LES

MAITRES SONNEURS

PAR

GEORGE SAND.

I

PARIS

ALEXANDRE CADOT, ÉDITEUR,

37, RUE SERPENTE.

—

1853

LES

MAITRES SONNEURS

PAR

GEORGE SAND.

1

PARIS
ALEXANDRE CADOT, ÉDITEUR,
37, RUE SERPENTE.

1853

A MONSIEUR EUGÈNE LAMBERT.

—

Mon cher enfant, puisque tu aimes à m'entendre raconter ce que racontaient les paysans à la veillée, dans ma jeunesse, quand j'avais le temps de les écouter, je vais tâcher de me rappeler l'histoire d'Etienne Depardieu et d'en recoudre les fragments épars dans ma mémoire. Elle me fut dite par lui-même, en plusieurs soirées de *breyage;* c'est ainsi, tu le sais, qu'on appelle les heures assez avancées de la nuit où l'on broie le chanvre, et où chacun alors apportait sa chronique. Il y a déjà longtemps que le père Depardieu dort du sommeil des justes, et il était assez vieux quand il me fit le récit des naïves aventures de sa jeunesse. C'est pourquoi je le ferai parler lui-même, en imitant sa manière autant qu'il me sera possible. Tu ne me reprocheras pas d'y mettre de l'obstination, toi qui sais, par expérience de tes oreilles, que les pensées et les émotions d'un paysan ne peuvent être traduites dans notre style, sans s'y dénaturer entièrement, et sans y prendre un air d'affectation choquante. Tu sais aussi, par expérience de ton esprit, que les paysans devinent ou comprennent beaucoup plus qu'on ne les en croit capables, et tu as été souvent frappé de leurs aperçus soudains qui, même dans les choses d'art, ressemblaient à des révélations. Si je fusse venu te dire, dans ma langue et dans la tienne, certaines choses que tu as entendues et comprises dans la leur, tu les aurais trouvées si invraisemblables de leur part, que tu m'aurais accusé d'y mettre du mien à mon insu, et de leur prêter des réflexions et des sentiments qu'ils ne pouvaient avoir. En effet, il suffit d'introduire, dans l'expression de leurs idées, un mot qui ne soit pas de leur vocabulaire, pour qu'on se sente porté à révoquer en doute l'idée même émise par eux ; mais si on les écoute parler, on reconnaît que s'ils n'ont pas, comme nous, un choix de mots appropriés à toutes les nuances de la pensée, ils en ont encore assez pour formuler ce qu'ils pensent et décrire ce qui frappe leurs sens. Ce n'est donc pas, comme on me l'a reproché, pour le plaisir puéril de chercher une forme inusitée en littérature, encore

moins pour ressusciter d'anciens tours
de langage et des expressions vieillies
que tout le monde entend et connaît de
reste, que je vais m'astreindre au petit
travail de conserver au récit d'Etienne
Depardieu, la couleur qui lui est propre.
C'est parce qu'il m'est impossible de le
faire parler comme nous, sans dénaturer
les opérations auxquelles se livrait son
esprit, en s'expliquant sur des points qui
ne lui étaient pas familiers, mais où il
portait évidemment un grand désir de
comprendre et d'être compris.

Si, malgré l'attention et la conscience
que j'y mettrai, tu trouves encore quel

quefois que mon narrateur voit trop clair
ou trop trouble dans les sujets qu'il abor-
de, ne t'en prends qu'à l'impuissance de
ma traduction. Forcé de choisir dans les
termes usités chez nous, ceux qui peuvent être entendus de tout le monde, je
me prive volontairement des plus origi-
naux et des plus expressifs ; mais, au
moins, j'essaierai de n'en point introduire
qui eussent été inconnus au paysan que
je fais parler, lequel, bien supérieur à
ceux d'aujourd'hui, ne se piquait pas
d'employer des mots inintelligibles pour
ses auditeurs et pour lui-même.

Je te dédie ce roman, non pour te

donner une marque d'amitié maternelle, dont tu n'as pas besoin pour te sentir de ma famille, mais pour te laisser, après moi, un point de repère dans tes souvenirs de ce Berri qui est presque devenu ton pays d'adoption. Tu te rappelleras qu'à l'époque où je l'écrivais, tu disais : « A propos, je suis venu ici, il y a bientôt dix ans, pour y passer un mois. Il faut pourtant que je songe à m'en aller. » Et comme je n'en voyais pas la raison, tu m'as représenté que tu étais peintre, que tu avais travaillé dix ans chez nous pour rendre ce que tu voyais et sentais dans la nature, et qu'il te devenait nécessaire d'aller chercher à Paris

le contrôle de la pensée et de l'expérience des autres. Je t'ai laissé partir,
mais à la condition que tu reviendrais
passer ici tous les étés. Dès à présent,
n'oublie pas cela non plus. Je t'envoie
ce roman comme un son lointain de nos
cornemuses, pour te rappeler que les
feuilles poussent, que les rossignols sont
arrivés et que la grande fête printanière
de la nature va commencer aux champs.

GEORGE SAND.

Nohant, le 17 avril 1853.

PREMIÈRE VEILLÉE.

PREMIÈRE VEILLÉE.

Je ne suis point né d'hier, disait, en
1828, le père Étienne. Je suis venu en ce
monde, autant que je peux croire, l'année
54 ou 55 du siècle passé. Mais, n'ayant pas
grande souvenance de mes premiers ans,

je ne vous parlerai de moi qu'à partir du temps de ma première communion, qui eut lieu en 70, à la paroisse de Saint-Chartier, pour lors desservie par M. l'abbé Montpérou, lequel est aujourd'hui bien sourd et bien cassé.

Ce n'est pas que notre paroisse de Nohant fut supprimée dans ce temps-là ; mais notre curé étant mort, il y eut, pour un bout de temps, réunion des deux églises sous la conduite du prêtre de Saint-Chartier, et nous allions tous les jours à son catéchisme, moi, ma petite cousine, un gars appelé Joseph, qui demeurait en la même maison que mon oncle, et une douzaine d'autres enfants de chez nous.

Je dis mon oncle pour abréger, car il était mon grand-oncle, frère de ma grand' mère, et avait nom Brulet, d'où sa petite fille, étant seule héritière de son lignage, était appelée Brulette, sans qu'on fît jamais mention de son nom de baptème, qui était Catherine.

Et pour vous dire tout de suite les choses comme elles étaient, je me sentais déjà d'aimer Brulette plus que je n'y étais obligé comme cousin, et j'étais jaloux de ce que Joseph demeurait avec elle dans un petit logis distant d'une portée de fusil des dernières maisons du bourg, et du mien d'un demi-quart de lieue de pays : de manière

qu'il la voyait à toute heure, et qu'avant
le temps qui nous rassembla au catéchisme, je ne la voyais pas tous les
jours.

Voici comment le grand-père à Brulette
et la mère à Joseph demeuraient sous même
chaume. La maison appartenait au vieux,
et il en avait loué la plus petite moitié à
cette femme veuve qui n'avait pas d'autre
enfant. Elle s'appelait Marie Picot et était
encore mariable, car elle n'avait pas dé-
passé de grand'chose la trentaine et se
ressouvenait bien, dans son visage et
dans sa taille, d'avoir été une très jolie
femme. On la traitait encore, par ci par là,

de la belle Mariton, ce qui ne lui déplaisait
point, car elle eut souhaité se rétablir en
ménage ; mais n'ayant rien que son œil vif
et son parler clair, elle s'estimait heureuse
de ne pas payer gros pour sa locature et
d'avoir, pour propriétaire et pour voisin,
un vieux homme juste et secourable qui
ne la tourmentait guère et l'assistait souvent.

Le père Brulet et la veuve Picot dite
Mariton vivaient ainsi en bonne estime
l'un de l'autre depuis une douzaine d'années, c'est-à-dire depuis le jour où, la mère
à Brulette étant morte en la mettant au
monde, cette Mariton avait soigné et élevé

l'enfant avec autant d'amour et d'égard que le sien propre.

Joseph, qui avait trois ans de plus que Brulette, s'était vu bercer dans la même crèche, et la pouponne avait été le premier fardeau qu'on eût confié à ses petits bras. Plus tard, le père Brulet, voyant sa voisine gênée d'avoir ces deux enfants déjà forts à surveiller, avait pris chez lui le garçon, si bien que la petite dormait auprès de la veuve et le petit auprès du vieux.

Tous quatre, d'ailleurs, mangeaient ensemble, la Mariton apprêtant les repas, gardant la maison et rhabillant les nippes, tandis que le vieux, qui était encore solide au travail, allait en journées, et fournissait au plus gros de la dépense.

Ce n'est pas qu'il fut bien riche et que le vivre fut bien conséquent; mais cette veuve aimable et de bon cœur lui faisait honnête compagnie, et Brulette la regardait si bien comme sa mère, que mon oncle s'était accoutumé à la regarder comme sa fille, ou tout au moins comme sa bru.

Il n'y avait rien au monde de si gentil et de si mignon que la petite fille ainsi élevée

par la Mariton. Comme cette femme aimait
la propreté et se tenait toujours aussi brave
que son moyen le lui permettait, elle avait,
de bonne heure, accoutumé Brulette à se
tenir de même, et, à l'âge où les enfants
se traînent et se roulent volontiers comme
de petits animaux, celle-ci était si sage, si
ragoûtante et si coquette dans toute son
habitude, que chacun la voulait embras-
ser : mais déjà elle se montrait chiche de
ses caresses et ne se familiarisait qu'à
bonnes enseignes.

Quand elle eut douze ans, c'était déjà
comme une petite femme, par moments ;
et, si elle s'oubliait à gaminer au caté-

chisme, emportée par la force de son jeune âge, elle se reprenait vîtement comme poussée au respect d'elle-même encore plus que de la religion.

Je ne sais pas si nous aurions pu dire pourquoi, mais tous tant que nous étions de gars assez diversieux au catéchisme, nous sentions la différence qu'il y avait entre elle et les autres fillettes.

Parmi nous, il faut bien vous confesser qu'il y en avait d'un peu grands : mêmement, Joseph avait quinze ans et j'en avais seize, ce qui était une honte pour nous deux, au dire de M. le curé et de nos parents. Ce retard provenait de ce que Joseph était trop paresseux pour se mettre l'instruction dans la tête, et moi trop bandit pour y donner attention ; si bien que, depuis trois ans, nous étions renvoyés de classe, et, sans l'abbé Montpérou, qui se montra moins exigeant que notre vieux curé, je crois que nous y serions encore.

Et puis, il est juste de confesser aussi que les garçonnets sont toujours plus jeunes en esprit que les fillettes : aussi dans toute bande d'apprentis chrétiens, on a vu de tout temps la différence des deux espèces, les mâles étant tous grands et forts déjà, et les femelles toutes petites et commençant à peine à porter coiffe.

Au reste, nous arrivions là aussi savants les uns comme les autres, ne sachant point lire, écrire encore moins, et ne pouvant retenir que de la manière dont les petits des oiseaux apprennent à chanter, sans connaître ni plain-chant ni latin, et à fine force d'écouter de leurs oreilles. Tout de même, M. le curé connaissait bien, dans le troupeau, ceux qui avaient l'entendement plus subtil, et qui mieux retenaient sa parole. De ces cervelles fines, la plus ne était la petite Brulette,

emmi les filles, et des plus épaisses, la
plus épaisse paraissait celle de Joseph,
emmi les garçons.

Encore qu'il ne raisonnât pas plus sot-
tement qu'un autre, il était si peu capable d'écouter et de se payer des choses
qu'il n'entendait guère, il marquait si
peu de goût pour les enseignements
que je m'en étonnais, moi qui y mordais assez franchement quand je venais à bout de tenir mon corps tranquille et de rasseoir mes esprits grouil-
lants.

Brulette l'en grondait quelquefois, mais

n'en tirait rien que des larmes de dépit :

— Je n'en suis pas plus mécréant qu'un autre, disait-il, et je ne songe point à offenser Dieu ; mais les mots ne se mettent point en ordre dans ma souvenance ; je n'y peux rien.

— Si fait, disait la petite, qui, déjà, avait avec lui le ton et l'usage du commandement : si tu voulais bien ! Tu peux ce que tu veux ; mais tu laisses courir ton idée sur toute autre chose, et M. l'abbé a bien raison te l'appeler Joseph le distrait.

— Qu'il m'appelle comme il voudra,

répondait Joseph, c'est un mot que je n'entends point.

Mais nous l'entendions bien, nous autres, et l'expliquions en notre langage d'enfants, en l'appelant *Joset l'ébervigé* (1), d'où le nom lui resta, à son grand déplaisir.

Joseph était un enfant triste, d'une chétive corporance et d'un caractère tourné en dedans. Il ne quittait jamais Brulette et lui était fort soumis : Elle le disait nonobstant obstiné comme un mouton et le réprimandait à chaque moment.

(1) Littéralement, *l'étonné,* celui qui écarquille les yeux.

Mais encore qu'elle ne me fit pas grand
reproche de ma fainéantise, j'aurais souhaité qu'elle s'occupât de moi aussi souvent que de lui.

Malgré cette jalousie qui me donnait,
j'avais pour lui plus d'égards que pour
mes autres camarades, parce qu'il était
des plus faibles et moi des plus forts.
D'ailleurs, si je ne l'avais soutenu,
Brulette m'en aurait beaucoup blâmé : et
quand je lui disais qu'elle l'aimait plus
que moi qui étais son parent :

— Ce n'était point à cause de lui, di-
sait-elle, c'est à cause de sa mère que

j'aime plus que vous deux. S'il prenait du
mal, je n'oserais point rentrer à la maison;
et comme il ne pense jamais à ce qu'il fait,
elle m'a tant enchargée de penser pour
deux, que je tâche de n'y point manquer.

J'entends souvent dire aux bourgeois :
J'ai fait mes études avec un tel; c'est mon
camarade de collége. Nous autres paysans,
qui n'allions pas même à l'école dans mon
jeune temps, nous disons : j'ai été au catéchisme avec un tel, c'est mon camarade
de communion. C'est de là que commen-
cent les grandes amitiés de jeunesse,
et quelquefois aussi des haïtions qui

durent toute la vie. Aux champs, au
travail, dans les fêtes, on se voit,
on se parle, on se prend, on se quitte;
mais, au catéchisme, qui dure un an
et souvent deux, faut se supporter ou
s'entr'aider cinq ou six heures par jour.
Nous partions en bande, le matin, à
travers les prés et les pâtureaux, par les
traquettes, par les échaliers, par les traî-
nes, et nous revenions, le soir, par où il
plaisait à Dieu, car nous profitions de la
liberté pour courir de tous côtés comme
des oiseaux folâtres. Ceux qui se plai-
saient ensemble ne se quittaient guère,
ceux qui n'étaient point gentils allaient
seuls ou s'entendaient ensemble pour

faire des malices et des peurs aux autres.

Joseph avait sa manière qui n'était ni terrible ni sournoise, mais qui n'était pas non plus bien aimable. Je ne me souviens point de l'avoir jamais vu bien réjoui, ni bien épeuré, ni bien content, ni bien fâché d'aucune chose qui nous arrivait. Dans les batailles, il ne se mettait point de côté et recevait les coups sans savoir les rendre, mais sans faire aucune plainte. On eût dit qu'il ne les sentait pas.

Quand on s'arrêtait pour quelque amu-

selle, il s'en allait seoir ou coucher à trois
ou quatre pas des autres, et ne disant mot,
répondant hors de propos, il avait l'air
d'écouter ou de regarder quelque chose
que les autres ne saisissaient point : c'est
pourquoi il passait pour être de ceux qui
voient le vent. Brulette, qui connaissait
sa lubie et qui ne voulait pas s'expliquer là-dessus, l'appelait quelquefois
sans qu'il lui répondit. Alors elle se
mettait à chanter, et c'était la manière
certaine de le réveiller, comme quand
on siffle pour dérouter ceux qui ron-
flent.

Vous dire pourquoi je me pris d'attache

pour un camarade si peu jovial, je ne
saurais, car j'étais tout son contraire.
Je ne me pouvais point passer de compagnie et j'allais toujours écoutant et
observant les autres, me plaisant à dis-
courir et à questionner, m'ennuyant
seul et cherchant la gaîté et l'amitié.
C'est peut-être à cause de ça que, plai-
gnant ce garçon sérieux et renfermé, je
m'accoutumais à imiter Brulette qui toujours le secouait et, par là, lui rendait plus
d'office qu'elle n'en recevait et supportait
son humeur plus qu'elle ne la gouver-
nait. En paroles, elle était bien la maîtresse avec lui, mais comme il ne savait suivre aucun commandement, c'était

elle, et c'était moi par contre-coup, qui étions à sa suite et patientions avec lui.

Enfin, le jour de la première communion arriva et, en revenant de la messe, j'avais fait si ferme propos de ne me point laisser aller à mes vacarmes, que je suivis Brulette chez son grand-père, comme le plus raisonnable exemple qui me put retenir.

Tandis qu'elle allait, par commandement de la Mariton, tirer le lait de sa chèvre, nous étions restés, Joseph et moi, dans la chambre où mon vieux oncle causait avec sa voisine.

Nous étions occupés à regarder les images de dévotion que le curé nous avait données en souvenir du sacrement, ou, pour mieux dire, je les regardais seul, car Joseph songeait d'autre chose, et les maniait sans les voir. Or, on ne faisait plus attention à nous, et la Mariton disait à son vieux voisin, à propos de notre première communion :

— Voilà une grande affaire gagnée, et, à cette heure, je pourrai louer mon gars. C'est ce qui me décide à faire ce que je vous ai dit.

Et comme mon oncle secouait la tête tristement, elle reprit :

— Écoutez une chose, voisin. Mon Joset
n'a point d'esprit. Oh ça, tant pis, je le
sais bien ; il tient de défunt son pauvre
cher homme de père, qui n'avait pas deux
idées par chaque semaine, et qui n'en a
pas moins été homme de bien et de conduite. Mais c'est tout de même une infir-
mité que d'avoir si peu de suite dans le
raisonnement, et quand, par malheur avec
cela, on tombe dans le mariage avec une
tête folle, tout va au plus mal en peu de
temps. C'est pourquoi je m'avise, à mesure que mon garçon grandit par les jambes, que ce n'est point sa cervelle qui le
nourrira, et que, si je lui laissais quelques
écus, je mourrais plus tranquille. Vous

savez le bien que fait une petite épargne.

Dans nos pauvres ménages, ça sauve tout.

Je n'ai jamais pu rien mettre de côté, et il

faut croire que je ne suis plus assez jeune

pour plaire, puisque je ne trouve point à

me remarier. Eh bien, s'il en est ainsi, la

volonté de Dieu se fasse ! Je suis toujours

assez jeune pour travailler, et puisque

m'y voilà, apprenez, mon voisin, que l'au-

bergiste de Saint-Chartier cherche une

servante; il paye un bon gage, trente écus

par an ! et il y a les profits, qui montent

environ à la moitié. Avec ça, forte

et réveillée comme je me sens d'être,

en dix années, j'aurai fait fortune, je

me serai donné de l'aise pour mes vieux

jours, et j'en pourrai laisser à mon pauvre enfant. Qu'est-ce que vous en dites?

Le père Brulet pensa un peu et répondit :

— Vous avez tort, ma voisine ; vrai, vous avez tort!

La Mariton songea aussi un peu, et, comprenant bien l'idée du vieux :

— Sans doute, sans doute, dit-elle. Une femme, dans une auberge de campagne, est exposée au blâme; et quand même elle se comporte sagement, on n'y croit point.

Pas vrai, voilà ce que vous dites ? Eh bien, que voulez-vous ? Ça m'ôtera tout à fait la chance de me remarier ; mais ce qu'on souffre pour ses enfants, on ne le regrette point, et mêmement on se réjouit quasiment des peines.

— C'est qu'il y a pis que des peines, dit mon oncle ; il y a des hontes, et ça retombe sur les enfants.

La Mariton soupira :

— Oui, dit-elle, on est journellement exposée à des affronts dans ces maisonslà ; il faut toujours se garer, se défendre...

Si on se fâche trop et que ça repousse la pratique, les maîtres ne sont point contents.

— Mèmement, dit le vieux, il y en a qui cherchent des femmes de bonne mine et de belle humeur comme vous pour achalander leur cave, et il ne faut quelquefois qu'une servante bien hardie pour qu'un aubergiste fasse de meilleures affaires que son voisin.

— Savoir! reprit la voisine. On peut être gaie, accorte et preste à servir le monde, sans se laisser offenser!...

— On est toujours offensée en mau-

vaises paroles, dit le père Brulet, et ça
doit coûter gros à une honnête femme de
s'habituer à ces inconvénients-là. Songez-
donc comme votre fils en sera mortifié,
quand, par rencontre, il entendra sur
quel ton les rouliers et les colporteurs plai-
santeront avec sa mère!

— Par bonheur qu'il est si simple!... répondit la Mariton en regardant
Joseph.

Je le regardai aussi, et m'étonnai qu'il
n'entendit rien des discours que sa mère
ne tenait point à voix si basse que je
n'eusse ramassé le tout; et j'en augurai
qu'il écoutait gros, comme nous disions

dans ce temps-là, pour signifier une personne dure de ses oreilles.

Il se leva bientôt et s'en fut joindre Brulette en sa petite bergerie, qui n'était qu'un pauvre hangar en planches rembourrées de paille, où elle tenait un lot d'une douzaine de bêtes.

Il s'y jeta sur les bourrées et comme je l'avais suivi, crainte d'être jugé curieux si je restais sans lui à la maison, je vis qu'il pleurait en dedans, encore que ses yeux n'eussent point de larmes.

— Est-ce que tu dors, Joset? lui

dit Brulette, que te voilà couché comme une ouaille malade? allons, donne-moi ces fagots où te voilà étendu, que je fasse manger la feuille à mes moutons.

Et ce faisant, elle se prit à chanter; mais tout doucettement, car il ne convient guère de brailler un jour de première communion.

Il me parut que son chant faisait sur Joseph l'effet accoutumé de le retirer de ses songes; il se leva et s'en fût, et Brulette me dit :

— Qu'est-ce qu'il a? je le trouve plus sot que d'accoutumance.

— Je crois bien, lui répondis-je, qu'il a fini par entendre qu'il va être loué et quitter sa mère.

— Il s'y attendait bien, reprit Brulette. N'est-ce pas dans l'ordre, qu'il entre en condition, sitôt le sacrement reçu? si je n'avais le bonheur d'être seule enfant à mon grand-père, il me faudrait bien aussi quitter la maison et gagner ma vie chez les autres.

Brulette ne me parut pas avoir grand regret de se séparer de Joseph ; mais quand je lui eus dit que la Mariton allait se louer aussi et demeurer loin d'elle, elle se prit à sangloter et, courant la trouver, elle lui dit en lui jetant ses bras au cou : — Est-ce vrai, ma mignonne, que vous me voulez quitter ?

— Qui t'a dit cela ? répondit la Mariton : ce n'est point encore décidé.

— Si fait, s'écria Brulette, vous l'avez dit et me le voulez tenir caché.

— Puisqu'il y a des gars curieux qui ne savent point retenir leurs langues, dit la voisine, en me regardant, il faut donc que je te le confesse. Oui, ma fille, il faut que tu t'y soumettes comme un enfant courageux et raisonnable qui a donné aujourd'hui son âme au bon Dieu.

— Comment, mon papa, dit Brulette à son grand-père, vous êtes consentant de la laisser partir? qui est-ce qui aura donc soin de vous?

— Toi, ma fille, répondit la Mariton. Te voilà assez grande pour suivre ton devoir. Écoute-moi, et vous aussi, mon voisin, car voilà la chose que je ne vous ai point dite... Et, prenant la petite sur ses genoux, tandis que j'étais dans les jambes de mon oncle (son air chagrin m'ayant attiré à lui), la Mariton continua à raisonner pour l'un et pour l'autre.

— Il y a longtemps, dit-elle, que, sans l'amitié que je vous devais, j'aurais cherché à gagner ma vie. J'aurais eu tout profit à vous payer pension pour mon Joseph, que vous m'auriez gardé, tandis que j'aurais amassé, en surplus, quelque chose au service des autres. Mais je me suis sentie engagée à t'élever, jusqu'à ce jour, ma Brulette, parce que tu étais la plus jeune, et parce qu'une fille a besoin plus longtemps d'une mère qu'un garçon. Je n'aurais point eu le cœur de te laisser avant le temps où tu te pouvais passer de moi. Mais voilà que le temps est venu, et si quelque chose te doit reconsoler de me perdre, c'est que tu vas te sentir utile à ton

grand-père. Je t'ai appris le ménagement
d'une famille et tout ce qu'une bonne fille
doit savoir pour le service de ses parents
et de sa maison. Tu t'y emploieras pour
l'amour de moi et pour faire honneur à
l'instruction que je t'ai donnée. Ce sera
ma consolation et ma fierté d'entendre
dire à tout le monde que ma Brulette soi-
gne dévotieusement son grand-père et
gouverne son avoir comme ferait une petite femme. Allons, prends courage et ne
me retire pas le peu qui m'en reste, car
si tu as de la peine pour cette départie,
j'en ai encore plus que toi. Songe que
je quitte aussi le père Brulet, qui était
pour moi le meilleur des amis, et mon

pauvre Joset, qui va trouver sa mère et votre maison bien à dire. Mais puisque c'est par le commandement de mon devoir, tu ne m'en voudrais point détourner.

Brulette pleura encore jusqu'au soir, et fut hors d'état d'aider la Mariton en quoi que ce soit ; mais, quand elle la vit cacher ses larmes tout en préparant le souper, elle se jeta encore à son cou, lui jura d'observer ses paroles, et se mit à travailler aussi d'un grand courage.

On m'envoya quérir Joseph qui oubliait, non pour la première fois ni pour

la dernière, l'heure de rentrer et de faire
comme les autres.

Je le trouvai en un coin, songeant tout
seul et regardant la terre, comme si ses
yeux y eussent voulu prendre racine.
Contre sa coutume, il se laissa arra-
cher quelques paroles où je vis plus
de mécontentement que de regret. Il
ne s'étonnait point d'entrer en service,
sachant bien qu'il était en âge et ne
pouvait faire autrement : mais sans marquer qu'il eût entendu les desseins de sa
mère, il se plaignit de n'être aimé de personne, et de n'être estimé capable d'aucun
bon travail.

Je ne le pus faire expliquer davantage, et, durant la veillée, où je fus retenu pour faire mes prières avec Brulette et lui, il parut bouder, tandis que Brulette redoublait de soins et de caresses pour tout son monde.

Joseph fut loué au domaine de l'Aulnières, chez le père Michel, en office de bouaron.

La Mariton entra comme servante à l'auberge du *Bœuf couronné*, chez Benoît, de Saint-Chartier.

Brulette resta auprès de son grand-père,

et moi chez mes parents qui, ayant un peu de bien, ne me trouvèrent pas de trop pour les aider à le cultiver.

Mon jour de première communion m'avait beaucoup secoué les esprits. J'y avais fait de gros efforts pour me ranger à la raison qui convenait à mon âge, et le temps du catéchisme avec Brulette m'avait changé aussi. Son idée se trouvait toujours mêlée, je ne sais comment, avec celle que je voulais donner au bon Dieu, et, tout en mûrissant à la sagesse dans ma conduite, je sentais ma tête s'en aller en des folletés d'amour, qui n'étaient point encore de l'âge de ma cousine, et qui, mêmement pour le mien, devançaient un peu trop la bonne saison.

Dans ce temps-là, mon père m'emmena à la foire d'Orval, du côté de Saint-Amand, pour vendre une jument pouli-nière, et, pour la première fois de ma vie, je fus trois jours absent de la maison. Ma mère avait observé que je n'avais pas tant de sommeil et d'appétit qu'il m'en fallait pour soutenir mon croît, le-quel était plus hâtif qu'il n'est d'habi-tude en nos pays, et mon père pensait qu'un peu d'amusement me serait bon. Mais je n'en pris pas tant, à voir du monde et des endroits nouveaux, comme

j'en aurais eu six mois auparavant.
J'avais comme une languition sotte qui
me faisait regarder toutes les filles sans
oser leur dire un mot ; et puis, je songeais
à Brulette, que je m'imaginais pouvoir
épouser, par la seule raison que c'était la
seule qui ne me fît point peur, et je rumi-
nais le compte de ses années et des miennes, ce qui ne faisait pas marcher le
temps plus vite que le bon Dieu ne l'avait
réglé à son horloge.

Comme je revenais en croupe derrière
mon père, sur une autre jument que nous
avions achetée à la foire, nous fîmes rencontre, en un chemin creux, d'un homme

entre les deux âges qui conduisait une
petite charrette, très chargée de mobilier,
laquelle n'étant traînée que d'un âne, res-
tait embourbée et ne pouvait faire un pas
de plus. L'homme était en train d'allégir le
poids, en posant sur le chemin une partie
de son chargement, ce que voyant mon
père :

— Descends, me dit-il, et secourons le
prochain dans l'embarras.

L'homme nous remercia de notre offre,
et comme parlant à sa charrette :

— Allons, petite, éveille-toi, dit-il ;

j'aime autant que tu ne risques point de
verser.

Alors, je vis se lever, de dessus un matelas, une jolie fille qui me parut avoir
quinze ou seize ans, à première vue, et
qui demanda, en se frottant les yeux, ce
qu'il y avait de nouveau.

— Il y a que le chemin est mauvais, ma
fille, dit le père en la prenant dans ses
bras ; viens, et ne te mets point les pieds
dans l'eau ; car vous saurez, dit-il à mon
père, qu'elle est malade de fièvre pour
avoir poussé trop vite en hauteur ; voyez
quelle grande vigne folle, pour un enfant
d'onze ans et demi !

— Vrai Dieu, dit mon père, voilà un beau brin de fille, et jolie comme un jour, encore que la fièvre l'ait blémie. Mais ça passera, et avec un peu de nourriture, ça ne sera pas d'une mauvaise défaite.

Mon père, parlant ainsi, avait la tête encore remplie du langage des maquignons en foire. Mais, voyant que la jeune fille avait laissé ses sabots sur la charrette, et qu'il n'était point aisé de les y retrouver, il m'appela, disant :

— Tiens, toi! tu es bien assez fort pour tenir cette petite un moment.

Et la mettant dans mes bras, il attela

notre jument à la place de l'âne, et sortit la charrette de ce mauvais pas. Mais il y en avait un second, que mon père connaissait pour avoir suivi plusieurs fois le chemin, et, me faisant appel de continuer, il marcha en avant avec l'autre paysan qui tirait son âne, moitié fourbu, par les oreilles.

Je portais donc cette grande fillette et la regardais avec étonnement, car si elle avait la tête de plus que Brulette, on voyait bien, à sa figure, qu'elle n'était pas plus vieille.

Elle était blanche et menue comme un

flambeau de cire vierge, et ses cheveux
noirs, débordant d'un petit bonnet en
mode étrangère, qui s'était dérangé dans
son sommeil, me tombaient sur la poitrine
et me pendaient quasiment jusqu'aux genoux. Je n'avais jamais rien vu de si bien
achevé que son visage pâle, ses yeux
bleu-clair, bordés de soies très épaisses,
son air doux et fatigué, et mêmement un
signe tout à fait noir qu'elle avait au
coin de la bouche et qui rendait sa
beauté très étrange, et difficile à oublier.

Elle semblait si jeune que mon cœur
ne me disait rien à côté du sien, et ce

n'était peut-être pas tant son manque
d'années que la langueur de sa maladie
qui me la faisait paraître si enfant. Je
ne lui ¦parlais point, et marchais toujours sans la trouver lourde, mais ayant
du plaisir à la regarder, comme on en sent
devant toute chose belle, que ce soit fille
ou femme, fleur ou fruit.

Comme nous approchions de la seconde gâne, où son père et le mien re-
commençaient, l'un à tirer son cheval,
l'autre à pousser sa roue, la fillette me
parla en un langage qui me fit rire,
vu que je n'en comprenais pas un mot.
Elle s'étonna de mon étonnement,

et, me parlant alors comme nous parlons :

— Ne vous ruinez pas le corps à
me porter, dit-elle, je marcherai bien
sans sabots : j'y suis aussi habituée que les
autres.

— Oui, mais vous êtes malade, lui
répondis-je, et j'en porterais bien quatre
comme vous. Mais de quel pays êtes-
vous donc, que vous parliez si drôlement
tout-à-l'heure?

— De quel pays! dit-elle. Je ne suis
pas d'un pays. Je suis des bois, voilà tout.

Et vous, de quel pays que vous êtes
donc?

— Oh! ma fine, si vous êtes des bois,
je suis des blés, lui répondis-je en riant.

J'allais cependant la questionner davantage quand son père vint me la reprendre.

— Allons, dit-il, après avoir donné
une poignée de main à mon père, en
vous remerciant, mes braves gens. Et
toi, petite, embrasse donc ce bon garçon
qui t'a portée comme une châsse.

La fillette ne se fit point prier; elle

n'était pas encore dans l'âge de la honte,
et, n'y entendant pas malice, elle n'y faisait point de façons. Elle m'embrassa
sur les deux joues, en me disant :

— Merci à vous, mon beau serviteur.
Et, passant aux bras de son père, elle fut
remise sur son matelas et parut pressée
de reprendre son somme, sans aucun
souci des cahots et des aventures du
chemin.

— Encore adieu ! nous dit son père,
qui me prit le genou pour me replacer en
croupe sur la jument. Un beau garçon !
fit-il à mon père, en me regardant, et

aussi avancé dans l'âge que vous dites qu'il a, que ma petite dans le sien.

— Il se sent bien aussi un peu d'en être malade, répondit mon père ; mais, le bon Dieu aidant, le travail guérira tout. Excusez-nous si nous prenons les devants, nous allons loin et voulons arriver chez nous avant la nuit.

Là-dessus, mon père talonna notre monture, qui prit le trot, et moi, me retournant, je vis que l'homme à la charrette coupait sur la droite et s'en allait à l'encontre de nous.

Je pensai bientôt à autre chose, mais Brulette m'étant revenue dans la tête, je songeai aux francs baisers que m'avait donné cette petite fille étrangère, et me demandai pourquoi Brulette répondait par des tapes à ceux que je lui voulais prendre ; et, comme la route était longue et que je m'étais levé avant le jour, je m'endormais derrière mon père, mêlant, je ne sais comment, les figures de ces deux fillettes dans ma tête embrouillée de fatigue.

Mon père me pinçait pour me réveiller, car il me sentait lui peser sur les épaules et craignait de me voir tomber. Je lui

demandai qui étaient ces gens que nous
avions rencontrés.

— Qui ? fit-il, en se moquant de mes
esprits appesantis ; nous avons rencontré
plus de cinq cents mondes depuis ce
matin.

— Cet âne et cette charrette ?

— Ah bon ! dit-il. Ma foi, je n'en sais
rien, je n'ai pas songé à m'en enquérir.
Ça doit être des Marchois ou des Cham-
penois, car ça a un accent étranger ;
mais j'étais si occupé de voir si cette
jument a un bon coup de collier, que

je me suis point intéressé à autre chose.
De vrai, elle tire bien et n'est point rétive à la peine; je crois qu'elle fera un
bon service et que décidément je ne l'ai
point surpayée.

Depuis ce temps-là (le voyage m'avait
sans doute été bon) je pris le dessus et
commençai à avoir goût au travail; mon
père m'ayant donné le soin de la jument,
et puis celui du jardin, enfin celui du pré,
je trouvai, petit à petit, de l'agrément à
bêcher, planter et récolter.

Mon père était veuf depuis longtemps
et se montrait désireux de me mettre en

jouissance de l'héritage que ma mère m'avait laissé. Il m'intéressait donc à tous nos petits profits et ne souhaitait rien tant que de me voir devenir bon cultivateur.

Il ne fut pas longtemps sans reconnaître que je mordais à belles dents dans ce pain-là, car si la jeunesse a besoin d'un grand courage pour se priver de plaisir au profit des autres, il ne lui en faut guère pour se ranger à ses propres intérêts, surtout quand ils sont mis en commun avec une bonne famille, bien honnête dans les partages et bien d'accord dans le travail.

Je restai bien un peu curieux de cau-

sette et d'amusement le dimanche; mais
on ne me le reprochait point à la maison,
parce que j'étais bon ouvrier tout à fait le
long de la semaine; et, à ce métier-là, je
pris belle santé et belle humeur, avec un
peu plus de raison dans la tête que je
n'en avais annoncé au commencement.
J'oubliai les fumées d'amour, car rien
ne rend si tranquille comme de suer sous
la pioche, du lever au coucher du soleil;
et quand vient la nuit, ceux qui ont eu affaire à la terre grasse et lourde de chez
nous, qui est la plus rude maîtresse qu'il
y ait, ne s'amusent pas tant à penser
qu'à dormir pour recommencer le lendemain.

C'est de cette manière que j'attrapai tout
doucement l'âge où il m'était permis de
songer, non plus aux petites filles, mais
aux grandes ; et de même qu'aux premiers
éveils de mon goût, je retrouvai encore
ma cousine Brulette plantée dans mon in-
clination avant toutes les autres.

Restée seule avec son grand-père, Brulette avait fait de son mieux pour devan-
cer les années par sa raison et son courage.
Mais il y a des enfants qui naissent avec
le don ou le destin d'être toujours gâ-
tés.

Le logement de la Mariton avait été

loué à la mère Lamouche, de Vieilleville,
qui n'était point à son aise et qui se dépê-
cha de servir les Brulet comme si elle eût
été à leurs gages, espérant par là être
écoutée quand elle remontrerait ne pouvoir payer les dix écus de sa locature.
C'est ce qui arriva, et Brulette, se voyant
aidée, devancée et flattée en toutes choses
par cette voisine, prit le temps et l'aise de
pousser en esprit et en beauté, sans se
trop fouler l'âme ni le corps.

DEUXIÈME VEILLÉE.

DEUXIÈME VEILLÉE.

La petite Brulette était donc devenue la belle Brulette, dont il était déjà grandement parlé dans le pays, pour ce que, de mémoire d'homme, on n'avait vu plus jolie fille, des yeux plus beaux, une plus

fine taille, des cheveux d'un or plus doux
avec une joue plus rose ; la main comme
un satin, et le pied mignon comme celui
d'une demoiselle.

Tout ça vous dit assez que ma cousine ne travaillait pas beaucoup, ne sortait guère par les mauvais temps, avait
soin de s'ombrager du soleil, ne lavait
guère de lessives et ne faisait point
œuvre de ses quatre membres pour la
fatigue.

Vous croiriez peut-être qu'elle était
paresseuse? Point. Elle faisait toutes
choses dont elle ne se pouvait dispen-

ser, tout à fait vite et tout à fait bien.
Elle avait trop de raisonnement pour
laisser perdre le bon ordre et la propreté
dans son logis et pour ne point prévenir
et soigner son grand-père comme elle le
devait. D'ailleurs, elle aimait trop la
braverie pour n'avoir pas toujours quelque ouvrage dans les mains : mais d'ouvrage fatigant, elle n'en avait jamais ouï
parler. L'occasion n'y était point, et
on ne saurait dire qu'il y eût de sa
faute.

Il y a des familles où la peine vient
toute seule avertir la jeunesse qu'il n'est
pas tant question de s'amuser en ce bas

monde, que de gagner son pain en compagnie de ses proches. Mais, dans le petit logis au père Brulet, il n'y avait que peu à faire pour joindre les deux bouts. Le vieux n'avait encore que la septantaine, et, bon ouvrier, très adroit pour travailler la pierre (ce qui, vous le savez, est une grande science dans nos pays), fidèle à l'ouvrage et vivement requis d'un chacun, il gagnait joliment sa vie, et, grâce à ce qu'il était veuf et sans autre charge que sa petite fille, il pouvait faire un peu d'épargne pour le cas où il serait arrêté par quelque maladie ou accident. Son bonheur voulut qu'il se maintint en bonne santé, en sorte que, sans connaître

la richesse, il ne connaissait point la
gêne.

Mon père disait pourtant que notre cousine Brulette aimait trop la *bienaiseté*, voulant faire entendre par là, qu'elle aurait
peut-être à en rabattre quand viendrait
l'heure de s'établir. Il convenait avec moi
qu'elle était aimable et aussi gentille en
son parler qu'en sa personne ; mais il ne
m'encourageait point du tout à faire bri-
gue de mariage autour d'elle. Il la trouvait trop pauvre pour être si demoiselle et
répétait souvent qu'il fallait, en ménage,
ou une fille très riche, ou une fille très
courageuse. J'aimerais autant l'une que

l'autre à première vue, disait-il, et peut-
être qu'à la seconde vue, je me déciderais
pour le courage encore plus que pour
l'argent. Mais Brulette n'a pas assez de
l'un ni de l'autre pour tenter un homme
sage.

Je voyais bien que mon pèré avait raison ; mais les beaux yeux et les douces
paroles de ma cousine avaient encore plus
raison que lui avec moi et avec tous les
autres jeunes gens qui la recherchaient :
car vous pensez bien que je n'étais pas le
seul, et que, dès l'âge de quinze ans, elle
se vit entourée de marjolets de ma
sorte, qu'elle savait retenir et gouverner

comme son esprit l'y avait porté de bonne
heure. On peut dire qu'elle était née fière
et connaissait son prix avant que les
compliments lui en eussent donné la
mesure. Aussi aimait - elle la louange
et la soumission de tout le monde.
Elle ne souffrait point qu'on fut hardi
avec elle, mais elle souffrait bien qu'on y
fut craintif, et j'étais, comme bien d'autres, attaché à elle par une forte envie
de lui plaire, en même temps que dépité
de m'y trouver en trop grande compagnie.

Nous étions deux, pourtant, qui avions
permission de lui parler d'un peu plus

près de lui, donner du *toi*, et de la suivre jusqu'en sa maison quand elle revenait avec nous de la messe ou de la danse. C'était Joseph Picot et moi; mais nous n'en étions pas plus avancés pour ça, et peut-être que, sans nous le dire, nous nous en prenions l'un à l'autre.

Joseph était toujours à la métairie de l'Aulnières, à une demi-lieue de chez Brulet et moitié demi-lieue de chez moi.

Il avait passé laboureur, et sans être beau garçon, il pouvait le paraître aux yeux qui ne répugnent point aux figures

tristes. Il avait la mine jaune et maigre, et
ses cheveux bruns, qui lui tombaient à plat
sur le front et au long des joues, le ren-
daient encore plus chétif dans son appa-
rence. Il n'était cependant ni mal fait, ni
mal gracieux de son corps, et je trouvais,
dans sa mâchoire sèchement coudée,
quelque chose que j'ai toujours observé
être contraire à la faiblesse. On le jugeait malade parce qu'il se mouvait len-
tement et n'avait aucune gaîté de jeunesse; mais, le voyant très souvent, je
savais qu'il était ainsi de sa nature et ne
souffrait d'aucun mal.

C'était pourtant un ouvrier très médiocre à la terre, pas très soigneux aux bestiaux et d'un caractère qui n'avait rien d'aimable.

Son gage était le plus bas qu'on puisse payer dans un domaine à un valet de charrue, et encore s'étonnait-on que son maître le voulut bien garder si longtemps, car il ne savait rien faire prospérer aux champs ni à l'étable. Mêmement quand on l'en reprenait, il avait un air de dépit si farouche qu'on ne savait que penser. Mais le père Michel assurait qu'il n'avait jamais fait aucune mauvaise réponse, et il aimait mieux ceux qui se soumettent sans rien dire, même en faisant la grimace, que ceux qui flattent et qui trompent en caressant.

Sa grande fidélité et le mépris qu'en toutes choses il marquait pour les actions injustes, le faisaient donc estimer de son maître, lequel disait encore de lui que c'était grand dommage de voir un garçon si honnête et si sage, avoir les bras si mols et le cœur si indifférent à son ouvrage. Mais tel qu'il était, il le gardait par habitude, et aussi par considération pour le père Brulet qui était un de ses amis très ancien.

Dans ce que je viens de vous dire de

lui, vous ne voyez point qu'il dût plaire
aux filles. Aussi ne le regardaient-elles
que pour s'étonner seulement de ne jamais
rencontrer ses yeux, qui étaient grands et
clairs comme ceux d'une chouette et sem-
blaient ne lui servir de rien.

Et cependant, j'étais toujours jaloux
de lui, parce que Brulette lui marquait
toujours une attention qu'elle n'avait
pour personne et qu'elle m'obligeait d'a-
voir aussi. Elle ne le taboulait plus et
marquait de vouloir accepter son humeur
telle que Dieu l'avait tournée, sans se
fâcher ni s'inquiéter de rien. Ainsi, elle
lui passait de manquer de galanterie,

et mêmement de politesse, elle qui en
exigeait tant de la part des autres. Il
pouvait faire mille sottises, comme de
s'asseoir sur la chaise qu'elle quittait
et de la laisser en chercher une autre ;
de ne point lui ramasser ses pelottes de
laine ou de fil quand elles venaient à
choir ; de lui couper la parole, ou de casser quelque épelette ou ustensile à son
usage : et jamais elle ne lui disait un mot
d'impatience, tandis qu'elle me grondait
et me plaisantait, s'il m'arrivait d'en faire
seulement le quart.

Et puis, elle prenait soin de lui comme
s'il eut été son frère. Elle avait toujours

un morceau de viande en réserve, quand
il la venait voir, et, soit qu'il eut faim ou
non, le lui faisait manger, disant qu'il
avait besoin de se nourrir le sang et
de se renforcer l'estomac. Elle avait l'œil
à ses hardes ni plus ni moins que la
Mariton, et mêmement s'enchargeait de
les renouveler, disant que la mère n'a-
vait point le temps de coudre et de tailler.
Et enfin, elle menait souvent pâturer
ses bêtes du côté où il travaillait, et
causait avec lui, encore qu'il causât
bien peu et bien mal quand il s'y es-
sayait.

Et en outre, elle ne souffrait point

qu'on fit mépris ou moquerie de son
air triste ou de sa figure ébervigée. Elle
répondait à toutes les critiques qu'on
en voulait faire, en disant qu'il n'a-
vait pas une bonne santé, qu'il n'était
pas plus sot que les autres, que s'il ne
parlait mie, il n'en pensait pas moins, enfin qu'il valait mieux se taire que de parler pour ne rien dire.

J'avais quelquefois bonne envie de la
contre-carrer, mais elle m'arrêtait vite,
en disant :

— Il faut, Tiennet, que tu aies bien
mauvais cœur d'abandonner ce pauvre

gars à la risée des autres, au lieu
de le défendre quand on lui fait de
la peine. Je t'aurais cru meilleur ami
pour lui et meilleur parent pour moi.
Alors, je faisais sa volonté et défendais
Joseph, ne voyant cependant pas quelle
maladie ou quelle affliction il pouvait
avoir, à moins que la défiance et la paresse
ne fussent infirmités de nature, comme
possible était, encore qu'il me parut
au pouvoir de l'homme de s'en gué-
rir.

De son côté, Joseph, sans me marquer
d'aversion, me regardait aussi froidement
que le reste du monde, et ne me témoi-

gnait point tenir compte de l'assistance
qu'il recevait de moi en toute rencontre;
et, soit qu'il fut épris de Brulette comme
les autres, soit qu'il ne le fût que de lui-
même, souriait d'une étrange manière et
prenait quasiment un air de mépris pour
moi quand elle me donnait la plus petite
marque d'amitié. ·

· Un jour qu'il avait poussé la chose jusqu'à lever les épaules, je résolus d'en
avoir explication avec lui, aussi doucement que possible, pour ne point fâcher
ma cousine, mais assez franchement pour
lui faire sentir qu'étant souffert par moi
auprès d'elle avec tant de patience, il de-

vait m'y souffrir avec le même égard ;
mais, comme il y avait d'autres amoureux de Brulette autour de nous, je remis
mon dessein à la première occasion où je
le trouverais seul, et, à cette fin, j'allai, au
lendemain, le joindre en un champ où il
travaillait.

Je fus étonné de l'y trouver justement
en compagnie de Brulette, qui était assise
sur les racines d'un gros arbre, au re-
vers du fossé où il était censé couper de l'épine pour faire des bouchures.
Mais il ne coupait rien du tout, et, pour
tout travail, chapusait quelque chose qu'il
mit vîtement dans sa poche, dès qu'il me

vit, fermant son couteau et s'accotant de causer, comme si j'eusse été son maître le prenant en faute, ou comme s'il était en train de dire à ma cousine des choses bien secrètes où je le venais déranger.

J'en fus si troublé et fâché que j'allais me retirer sans rien dire, quand Brulette m'arrêta, et, se remettant à filer, car elle aussi avait mis de côté son ouvrage en causant avec lui, me dit de m'asseoir auprès d'elle.

Il me parut que c'était une avance pour endormir mon dépit et je m'y refusai, disant que le temps n'engageait guère à s'arrêter dans les fossés. De vrai, il faisait,

sinon froid, du moins très humide ; le
dégel rendait les eaux troubles et les herbes fangeuses. Il y avait encore de la neige
dans les sillons, et le vent était désagréable.
Il fallait, à mon sens, que Brulette trou-
vât Joseph bien intéressant pour mener
ses ouailles dehors ce jour-là, elle qui les
faisait si souvent et si volontiers garder
par sa voisine.

— Joset, dit Brulette, voilà notre ami
Tiennet qui boude, parce qu'il voit que
nous avons un secret tous les deux. Ne
veux-tu point que je lui en fasse part ? Son
conseil n'y gâterait rien, et il te dirait ce
qu'il pense de ton idée.

— Lui? dit Joseph, qui recommença à
lever les épaules comme il avait fait la
veille.

— Est-ce que le dos te démange quand
tu me vois? lui dis-je, un peu émalicé. Je
te pourrais bien gratter d'une manière qui
t'en guérirait une bonne fois.

Il me regarda en dessous, comme prêt à
mordre; mais Brulette lui toucha doucement l'épaule du bout de sa quenouille, et,
l'appelant ainsi à elle, lui parla dans l'o-
reille : — Non, non, répondit-il, sans
prendre la peine de me cacher sa réponse.
Tiennet n'est bon à rien pour me conseil-

ler; il n'y connaît pas plus que ta chèvre;
et si tu lui dis la moindre chose, je ne te
dirai plus rien. » Là-dessus, il ramassa sa
tranche et sa serpe et s'en alla travailler
plus loin.

— Allons, me dit Brulette en se levant
pour rassembler ses ouailles, le voilà
encore mécontent; mais va, Tiennet, ça
n'est rien de sérieux, je connais sa fantaisie, il n'y a rien à y faire, et le mieux,
c'est de ne pas le tourmenter. C'est un
garçon qui a une petite folleté dans la tête
depuis qu'il est au monde. Il ne sait ni ne
peut s'en expliquer, et le mieux est de le
laisser tranquille; car si on l'assassine de

questions, il se prend à pleurer et on lui
fait de la peine pour rien.

— M'est avis pourtant, cousine, dis-
je à Brulette, que tu sais bien le confesser.

— J'ai eu tort, répondit-elle. Je pensais
qu'il avait une plus grosse peine. Celle
qu'il a te ferait rire si je pouvais te la raconter; mais puisqu'il ne veut la dire qu'à
moi, n'y pensons plus.

— Si c'est peu de chose, lui dis-je encore, tu n'en prendras peut-être plus tant
de souci.

— Tu trouves donc que j'en prends trop? dit-elle. Est-ce que je ne dois pas ça à la femme qui l'a mis au monde et qui m'a élevée avec plus de soins et de caresses que son propre enfant?

— Voilà une bonne raison, Brulette. Si c'est la Mariton que tu aimes dans son fils, à la bonne heure; mais, alors, je souhaiterais d'avoir la Mariton pour ma mère : ça me vaudrait encore mieux que d'être ton cousin.

— Laisse donc dire des sottises comme ça à mes autres galants, répondit Brulette en rougissant un peu; car aucun compli-

ment ne l'avait jamais fâchée, encore
qu'elle se donnât l'air d'en rire.

Et, comme nous sortions du champ,
juste vis-à-vis de ma maison, elle y
entra avec moi pour dire bonjour à ma
sœur.

Mais ma sœur était sortie et, à cause
de ses moutons qui étaient sur le chemin, Brulette ne la voulut pas attendre.
Pour la retenir un peu, j'inventai de lui
retirer ses sabots pour en ôter les galoches
de neige et les embraiser; et, la tenant
ainsi par les pattes, puisqu'elle fut obligée
de s'asseoir en m'attendant, j'essayai de

lui dire, mieux que je n'avais encore ôsé
faire, l'ennui que l'amour d'elle m'avait
amassé sur le cœur.

Mais voyez le diable! jamais je ne
pus trouver le fin mot de ce discours-là.
J'aurais bien lâché le second et le troisième, mais le premier ne put sortir.
J'en avais la sueur au front. La fillette
aurait bien pu m'aider, si elle l'eût
voulu, car elle connaissait l'air de ma
chanson; d'autres le lui avaient déjà se-
riné; mais, avec elle, il fallait de la patience et du ménagement, et encore que je
ne fusse point tout-à-fait nouveau dans les
discours de galanterie, ce que j'en avais

échangé avec d'autres moins difficiles que
Brulette, à seules fins de m'enhardir, ne
m'avait rien enseigné de bon à dire à une
jeunesse d'un grand prix comme était ma
cousine.

Tout ce que je sus faire, fut de revenir sur la critique de son favori Joset.
Elle en rit d'abord, et peu à peu, voyant
que j'en voulais faire un blâme sérieux,
elle prit un air plus sérieux encore. —
Laissons ce pauvre malheureux tranquille, dit-elle : il est assez à plaindre.

— Mais en quoi, et pourquoi ? m'é-
criai-je impatienté. Est-il poitrinaire ou

enragé, que tu crains tant qu'on y
touche?

— Il est pis que ça, répondit Brulette.
Il est égoïste.

Égoïste était un mot de M. le curé,
que Brulette avait retenu et qui n'était
point usité chez nous de mon temps.
Comme Brulette avait une grande mémoire, elle disait comme cela quelquefois
des paroles que j'aurais pu retenir aussi,
mais que je ne retenais, et partant, n'entendais point.

J'eus la mauvaise honte de ne pas oser

lui en demander l'explication et d'avoir
l'air de m'en payer. Je m'imaginai d'ailleurs que c'était une maladie mortelle
que Joseph avait, et qu'une si grande
disgrâce condamnait toutes mes injus-
tices.

Je demandai pardon à Brulette de l'a-
voir tourmentée, ajoutant : — Si j'avais
su plus tôt ce que tu me dis, je n'aurais
eu ni fiel ni rancune contre ce pauvre
garçon.

— Comment ne t'en es-tu jamais aper-
çu ? reprit-elle. Ne vois-tu pas comme il se
laisse prévenir et obliger, sans avoir ja-

mais l'idée d'en faire un remerciement?
Comme le moindre oubli l'offense, comme
la moindre plaisanterie le choque, comme
il boude et souffre à toute chose qui ne
serait point remarquée d'un autre, et
comme il faut toujours mettre du sien
dans l'amitié qu'on a pour lui, sans qu'il
comprenne que ce n'est point son dû, mais
le rendu qu'on fait à Dieu, pour l'amour
du prochain?

— C'est donc l'effet de sa maladie?
dis-je, un peu intrigué des explications de
Brulette.

— N'est-ce point la pire qu'on puisse
avoir dans le cœur? répondit-elle.

— Et sa mère sait-elle qu'il a comme ça dans le cœur une maladie sans remède ?

— Elle s'en doute bien, mais tu comprends que je ne lui en parle point, de crainte de l'affliger.

— Et n'a-t-on point tenté quelque chose pour sa guérison ?

— J'y ai fait et j'y ferai encore mon possible, répondit-elle, continuant un propos où l'on ne s'entendait pas du tout ; mais je crois que mes ménagements augmentent son mal.

— Il est bien vrai, ajoutai-je, après avoir réfléchi, que ce garçon a toujours eu, dans son air, quelque chose de singulier. Ma grand'mère qui est morte, et tu sais qu'elle se piquait de connaissances sur l'avenir, disait qu'il avait le malheur écrit sur la figure, et qu'il était condamné à vivre dans les peines, ou à mourir dans la fleur de ses ans, à cause d'une ligne qu'il avait dans le front; et, depuis ce temps-là, je te confesse que quand Joset se chagrine, je crois voir cette ligne de disgrâce, encore que je ne sache point où ma grand'-mère la voyait. Alors, j'ai comme peur de lui, ou plutôt de son destin, et je me sens porté à lui épargner tout reproche et tout malaise, comme à quelqu'un qui n'a pas longtemps à jouir de la vie.

— Bah! répondit Brulette en riant, voilà les rêveries de ma grand'tante; je me les rappelle bien. Ne t'a-t-elle point dit aussi que les yeux clairs, comme sont ceux de Joseph, voyent les esprits et toutes choses cachées? Mais moi, je n'en crois rien, non plus qu'au danger de mort pour lui. On vit longtemps avec l'esprit fait comme il l'a; on se soulage en tourmentant les autres, et on peut bien les enterrer tous, en les menaçant à toute heure de se laisser mourir.

Je n'y comprenais plus rien, et j'allais

questionner encore, quand Brulette me
redemanda ses sabots où elle fourra leste-
ment ses pieds, bien qu'ils fussent si petits
que je n'avais pas pu y fourrer ma main.
Alors, rappelant son chien et retroussant sa jupe, elle me laissa tout soucieux
et tout ébahi de ce qu'elle m'avait conté,
et aussi peu avancé avec elle que le premier jour.

Le dimanche suivant, comme elle par-
tait pour la messe de Saint-Chartier, où
elle allait plus volontiers qu'à celle de
notre paroisse, à cause que l'on dansait
sur la place entre la messe et les vêpres,
je lui demandai de l'accompagner.

— Non, me dit-elle, j'y vas avec mon
grand'père, et il n'aime point à me voir
suivie sur les chemins par un tas de galants.

— Je ne suis point un tas de galants, lui
dis-je ; je suis·ton cousin, et jamais mon
oncle ne m'a ôté de son chemin.

— Eh bien, reprit-elle, ôte-toi du mien
pour aujourd'hui seulement ; mon père et
moi nous voulons causer avec Joset qui
est là dans la maison et qui doit nous
suivre à la messe.

— C'est donc qu'il vient vous demander

1   8

en mariage, et que vous êtes bien aise de l'écouter?

— Est-ce que tu es fou, Tiennet? Après ce que je t'ai dit de Joset?

— Tu m'as dit qu'il avait une maladie qui le ferait vivre plus longtemps qu'un autre, et je ne vois pas en quoi ça peut me tranquilliser.

— Te tranquilliser de quoi? fit Brulette étonnée. Quelle maladie? Où as-tu égaré tes esprits? Allons, je crois que tous les hommes sont fous!

Et, prenant le bras de son grand'père
qui venait à elle avec Joseph, elle partit
légère comme un duvet et gaie comme
une fauvette, tandis que mon brave
homme d'oncle, qui ne voyait rien au
dessus d'elle, souriait aux passants et
avait l'air de leur dire : « Ce n'est pas
vous qui avez une fille pareille à montrer ! »

Je les suivis de loin pour voir si Joseph
se familiariserait avec elle en chemin, s'il
lui prendrait le bras, si le vieux les lais-
serait aller ensemble. Il n'en fut rien.
Joseph marcha tout le temps à la gauche
de mon oncle, tandis que Brulette mar-

chait à droite, et ils avaient l'air de causer
sérieusement.

A la sortie de la messe, je demandai à
Brulette de danser avec moi. — Oh! tu
t'y prends bien tard, me dit - elle, j'ai
promis au moins quinze bourrées et il
faudra que tu reviennes vers l'heure de
vêpres.

Ce n'était pas Joseph qui, dans cette
affaire-là, pouvait me donner du dépit,
car il ne dansait jamais, et, pour m'ôter
celui de voir Brulette entourée de ses
autres amoureux, je suivis Joseph à l'auberge du *Bœuf-Couronné*, où il allait voir

sa mère et où je voulais tuer le temps avec quelques amis.

J'étais un peu fréquentier du cabaret, comme je vous ai dit : non à cause de la bouteille, qui ne m'a jamais mis hors de sens, mais pour l'amour de la compagnie, de la causette et de la chanson. J'y trouvai plusieurs garçons et filles de connaissance avec lesquels je m'attablai, tandis que Joseph s'assit dans un coin, ne buvant goutte, ne disant mot, et se tenant là pour contenter sa mère, qui, tout en allant et venant, était bien aise de le voir et de lui dire un mot par ci par là. Je ne sais point si Joseph eût pensé à l'aider dans la peine qu'elle avait à servir tant de monde; mais Benoit n'eût point souffert qu'un garçon si distrait tournât et virât dans ses écuelles et dans ses bouteilles.

Vous n'êtes pas sans avoir entendu parler de défunt Benoit. C'était un gros homme de haute mine, un peu rude en paroles, mais bon vivant et beau diseur dans l'occasion. Il était assez juste pour faire de la Mariton l'estime qu'il devait, car c'était, à vrai dire, la reine des servantes, et jamais la maison n'avait été mieux achalandée que depuis qu'elle y régnait.

La chose que le père Brulet avait an-
noncée à cette femme n'était cependant
point arrivée. Le danger de son état l'a-
vait guérie de la coquetterie, et elle faisait
respecter sa personne aussi bien que la
propriété de son bourgeois. Pour le vrai,
c'était, avant tout, pour son fils qu'elle
avait rangé son idée à un travail et à une
prudence plus sévères que son naturel
ne s'y portait de lui-même. C'était une
si bonne mère en cela, qu'au lieu de
perdre de l'estime, elle s'en était atti-
rée davantage depuis qu'elle était servante de cabaret; et c'est là une chose qui
ne se voit point souvent dans nos campa-
gnes, ni ailleurs, que j'aie ouï dire.

En voyant Joseph plus blême et plus
soucieux encore que d'habitude, je ne
sais comment ce que ma grand'mère
m'avait dit de lui, joint à la maladie,
singulière dans mon idée, que lui im-
putait Brulette, me frappa l'esprit et
me toucha le cœur. Sans doute, il me
gardait rancune de quelque parole dure
qui m'était échappée. Je souhaitai la
lui faire oublier, et, le forçant à venir
s'asseoir à notre tablée, je m'imaginai de
le griser un peu par surprise, pensant
comme tous ceux de mon âge, qu'une
petite fumée de vin blanc dans les esprits, est souveraine pour dissiper la tris-
tesse.

Joseph, qui était peu attentionné aux actions d'autour de lui, laissa remplir son verre et pousser son coude si souvent que tout autre en aurait senti l'effet. Pour ceux qui l'incitaient à boire, et qui payèrent d'exemple sans réflexion, il y en eut bien vite trop ; et, pour moi, qui voulais garder mes jambes pour la danse, je m'arrêtai d'abord que je sentis qu'il y en avait assez. Joseph tomba dans une grande contemplation, appuya ses deux coudes sur la table et ne parut pas plus lourd ni plus léger qu'auparavant.

On ne faisait plus attention à lui ; chacun riait ou jacassait pour son compte, et

l'on se mit à chanter, comme on chante
quand on a bu, chacun dans son ton et
dans sa mesure, une tablée disant son re-
frain à côté d'une autre tablée qui 'dit le
sien, et tout ça ensemble, faisant un sabbat de fous à casser la tête, le tout pour
se porter à rire et à crier d'autant plus
qu'on ne s'entend pas.

Joseph resta là sans broncher, nous regardant, d'un air étonné, un bon bout de
temps. Puis, il se leva et partit sans rien
dire.

Je pensai qu'il était peut-être malade,
et je le suivis. Mais il marchait droit et vite,
comme un homme que le vin n'a point en-

tamé, et il s'en alla si loin, si loin, en re-
montant la côte au-dessus de la ville de
Saint-Chartier, que je le perdis de vue et
revins sur mes pas afin de ne point manquer ma bourrée avec Brulette.

Elle dansait si joliment, ma Brulette,
que tout un chacun la mangeait des yeux.
Elle était folle de la danse, de la toi-
lette et des compliments : mais elle n'encourageait personne à lui conter du sérieux, et quand les vêpres furent sonnées,
elle s'en alla, sage et fière, à l'église, où
elle priait bien un peu, mais où elle n'oubliait guère que tous les regards étaient
braqués sur elle.

Moi, je songeai que je n'avais point payé
ma dépense au *Bœuf Couronné*, et j'y re-
tournai pour compter avec la Mariton,
laquelle en prit occasion de me demander
par où son garçon avait passé.

— Vous l'avez fait boire, dit-elle, et
ce n'est point sa coutume. Vous devriez
bien au moins ne pas le laisser courir
seul. Un malheur vient si vite !

TROISIÈME VEILLÉE.

TROISIÈME VELLÉE

Je remontai la côte et pris le chemin
que j'avais vu prendre à Joseph. Je
m'enquis de lui le long de la route
et n'en eus point nouvelles, sinon qu'on
l'avait bien vu passer, mais non revenir.

Ça me mena jusqu'au droit de la forêt,
où j'allai questionner le forestier, dont la
maison, qui est une pièce fort ancienne,
surmonte un grand morceau de brandé
couché en pente. C'est un endroit bien
triste, malgré qu'on y voie de loin, et où il
ne pousse, à la lisière des taillis de
chêne, que de la fougère et des ajoncs.

Le garde forestier était, dans ce temps-là,
Jarvois mon parrain, natif de Verneuil.
Sitôt qu'il me vit, comme je n'allais pas
souvent me promener si loin, il me fit tant
de fête et d'amitié qu'il n'y eût pas moyen
de s'en aller.

— Ton camarade Joseph est venu céans,

il y a tantôt une heure, me dit-il, pour nous
demander si les charbonniers étaient dans
la forêt ; sans doute que son maître lui aura
commandé de s'en enquérir. Il n'était ni
dérangé en paroles, ni mal porté sur ses
jambes, et il a monté jusqu'au gros chêne.
Tu n'as donc point à t'en inquiéter, et
puisque te voilà, il faut boire une bouteille avec moi et attendre que ma femme
revienne de quérir ses vaches, car elle
serait fàchée si tu partais sans l'avoir
vue.

N'ayant plus sujet de me tourmenter,
je restai chez mon parrain jusque vers le
coucher du soleil. C'était environ la mi-

février, et, voyant venir la nuit, je
fis mes adieux et pris le chemin d'en
sus, afin de gagner Verneuil et de m'en
retourner tout droit chez nous par la route
aux Anglais, sans repasser par Saint-
Chartier où je n'avais plus que faire.

Mon parrain m'expliqua un peu mon
chemin, car je n'avais traversé la forêt
qu'une ou deux fois en ma vie. Vous
savez que, dans le pays d'ici, nous ne
courons guère au loin, surtout ceux de
nous qui se donnent au travail de la
terre, et qui vivent autour des habitations
comme des poussins à l'entour de la
mue.

Aussi, malgré que l'on m'avait bien averti, je donnai trop sur ma gauche, et, au lieu de rencontrer la grande allée de chênes, je me trouvai dans les bouleaux, à une bonne demi-lieue du point que j'aurais dû gagner.

La nuit était tout-à-fait tombée et je n'y voyais plus goutte, car, en ce temps, la forêt de Saint-Chartier était encore une belle forêt, rapport non à son étendue, qui n'a jamais été de conséquence, mais à l'âge des arbres, qui ne laissaient guère passer de clarté entre le ciel et la terre. Ce qu'elle y gagnait en verdeur et fierté, elle vous le faisait payer du reste.

Ce n'était que ronces et fretats, chemins
défoncés et ravines d'une bourbe noire et
légère, où l'on ne tirait pas trop la se-
melle, mais où l'on s'enfonçait jusqu'aux
genoux quand on s'écartait un peu du
tracé. Si bien que, perdu sous la futaie,
déchiré et embourbé dans les éclaircies, je
commençais à maugréer contre la mauvaise heure et le mauvais endroit.

Après avoir pataugé assez longtemps
pour en avoir chaud, malgré que la soirée
fût bien fraîche, je me trouvai dans des
fougères sèches, si hautes, que j'en avais
jusqu'au menton, et en levant les yeux
devant moi, je vis, dans le gris de la nuit,

comme une grosse masse noire au milieu
de la lande.

Je connus que ce devait être le chêne,
et que j'étais arrivé au fin bout de la forêt. Je n'avais jamais vu l'arbre, mais j'en
avais ouï parler, pour ce qu'il était re-
nommé un des plus anciens du pays, et
par le dire des autres, je savais comment
il était fait. Vous n'êtes point sans l'avoir
vu. C'est un chêne bourru, étêté de jeunesse par quelque accident, et qui a poussé
en épaisseur ; son feuillage, tout desséché
par l'hiver, tenait encore dru, et il paraissait monter dans le ciel comme une
roche.

J'allais tirer de ce côté-là, pensant que j'y trouverais la sente qui coupait le bois en droite ligne, lorsque j'entendis le son d'une musique, qui était approchant celui d'une cornemuse, mais qui menait si grand bruit, qu'on eût dit d'un tonnerre.

Ne me demandez point comment une chose qui aurait dû me rassurer en me marquant le voisinage d'une personne humaine, m'épeura comme un petit enfant. Il faut bien vous dire que, malgré mes dix-neuf ans et une bonne paire de poings que j'avais alors, du moment que je m'étais vu égaré dans le bois, je m'étais senti

mal tranquille. Ce n'est pas pour quelques
loups qui descendent, de temps en temps,
des grands bois de Saint-Aoust dans cette
forêt-là, que j'aurais manqué de cœur, ni
pour la rencontre de quelque chrétien
mal intentionné. J'étais enfroidi de cette
sorte de crainte qu'on ne peut pas s'expliquer à soi-même, parce qu'on ne sait
pas trop où en est la cause. La nuit, la
brume d'hiver, un tas de bruits qu'on
entend dans les bois et qui sont autres
que ceux de la plaine, un tas de folles
histoires qu'on a entendu raconter, et
qui vous reviennent dans la tête, enfin,
l'idée qu'on est esseulé loin de son endroit ; il y a de quoi vous troubler l'es-

prit quand on est jeune, voire quand on ne l'est plus.

Moquez-vous de moi si vous voulez. Cette musique, dans un lieu si peu fréquenté, me parut endiablée. Elle chantait trop fort pour être naturelle, et surtout elle chantait un air si triste et si singulier, que ça ne ressemblait à aucun air connu sur la terre chrétienne. Je doublai le pas, mais je m'arrêtai étonné d'un autre bruit. Tandis que la musique braillait d'un côté, une clochette sonnait de l'autre, et ces deux résonnances venaient sur moi, comme pour m'empêcher d'avancer ou de reculer.

Je me jetai de côté en me baissant dans les fougères ; mais, au mouvement qui s'ensuivit, quelque chose fit feu des quatre pieds tout auprès de moi, et je vis un grand animal noir, que je ne pus envisager, bondir, prendre sa course et disparaître.

Tout aussitôt, de tous les points de la fougeraie, sautèrent, coururent, trépignèrent une quantité d'animaux pareils, qui me parurent gagner tous vers la clochette et vers la musique, lesquelles s'entendaient alors comme proches l'une de l'autre. Il y avait peut-être bien deux cents de ces bêtes, mais j'en vis au moins trente

mille, car la peur me galopait rude, et je
commençais à avoir des étincelles et des
taches blanches dans la vue, comme la
frayeur en donne à ceux qui ne s'en dé-
fendent point.

Je ne sais par quelles jambes je fus porté
auprès du chêne; je ne sentais plus les
miennes. Je me trouvai là, tout étonné d'a-
voir fait ce bout de chemin comme un tour-
billon de vent, et, quand je repris mon
souffle, je n'entendis plus rien, au loin ni
auprès; je ne vis plus rien, ni sous l'arbre,
ni sur la fougeraie; et je ne fus pas bien
sûr de n'avoir point rêvé un sabbat de
musique folle et de mauvaises bêtes.

Je commençais à me ravoir et à regarder en quel lieu j'étais. La branchure du chêne couvre une grande place herbue, et il y faisait si obscur que je ne voyais point mes pieds ; si bien que je me heurtai contre une grosse racine et tombait les mains en avant, sur le corps d'un homme qui était allongé là comme mort ou endormi. Je ne sais point ce que la peur me fit dire ou crier, mais ma voix fut reconnue, et tout aussitôt celle de Joset me répondit : — C'est donc toi, Tiennet? Et qu'est-ce que tu viens faire ici à pareille heure?

— Et toi-même, qu'y fais-tu, mon vieux?

lui dis-je, bien content et bien consolé de
le trouver là. Je t'ai cherché tout le tantôt ; ta mère a été en peine de toi, et je te
croyais retourné vers elle depuis longtemps.

— J'avais affaire par ici, répondit-il, et,
avant de m'en aller, je me reposais là,
voilà tout.

— Tu n'as donc pas peur de te trouver
comme ça, de nuit, dans un endroit si laid
et si triste ?

— Peur ? de quoi, et pourquoi, Tiennet ? je ne t'entends point !

J'eus honte de lui confesser combien j'avais été sot. Cependant, je me risquai à lui demander s'il n'avait pas vu du monde et des bêtes dans la clairière.

— Oui, oui, répondit-il ; j'ai vu beaucoup de bêtes, et du monde aussi, mais tout ça n'est pas bien méchant, et nous pouvons nous en aller tous deux sans que mal nous en arrive.

Je m'imaginai, à sa voix, qu'il se gaus-soit un peu de ma frayeur, et je quittai le chêne avec lui ; mais quand nous fûmes hors de son ombrage, il me sembla que Jo-set n'avait ni sa taille ni sa figure des autres fois. Il me paraissait plus grand, portant plus haut la tête, marchant d'un pas plus vif, et parlant avec plus de hardiesse. Ça ne me rassura point, car toutes sortes de folies me traversèrent la remembrance. Ce n'était point seulement par ma grand-mère que je m'étais laissé conter que les gens qui ont la figure blanche, l'œil vert, l'humeur triste et la parole difficile à comprendre, sont portés à s'accointer avec les mauvais esprits, et, en tout pays, les vieux arbres sont mal famés pour la hantise des sorciers et *des autres*.

Je n'osai respirer tant que nous fûmes dans la fougeraie, je m'attendais tou-

jours à voir repasser ce qui m'était apparu
en songe de l'âme ou en vérité des sens.
Tout resta tranquille, et il n'y eut d'autre bruit que celui des branches sèches qui
se brisaient à notre passage, ou d'un restant de glace qui craquait sous nos pieds.

Joseph, marchant le premier, ne prit
point la grande allée, mais coupa à travers
le fourré. On eût dit d'un lièvre au fait de
tous les recoins, et il me mena si vite au
gué de l'Igneraie, sans traverser le bourg
des potiers, que je me crus arrivé par en-
chantement. Là, il me quitta sans avoir des-
serré les dents, sinon pour me dire qu'il
voulait se faire voir à sa mère, puisqu'elle

était en peine de lui, et il reprit le chemin
de Saint-Chartier, tandis que je tranchais
droit sur ma demeurance par les grands
communaux.

Je ne me sentis pas plutôt dans le pays
que je connaissais, que mon angoisse me
quitta et que j'eus grande honte de ne l'a-
voir pas surmontée. Sans doute, Joseph
m'aurait parlé des choses que je désirais
savoir, si je l'eusse questionné; car, pour
la première fois, il avait quitté son air
endormi, et je lui avais surpris pour un
moment, comme un rire dans la voix, et
comme une intention d'assistance dans
la conduite.

Pourtant, après que j'eus dormi sur l'a-

venture, mes sens étant bien calmés, je

m'assurai de n'avoir point rêvé ce qui s'é-

tait passé dans la fougeraie, et je trouvais,

dans la quiétise de Joseph, quelque chose

de louche. Les bêtes que j'avais vues là,

en si grosse quantité, n'étaient point d'une

présence ordinaire. Dans nos pays on n'a,

par troupeaux, que des ouailles, et ma vi-

sion était d'animaux d'une autre couleur

et d'une autre mesure. Ce n'était ni che-

vaux, ni bœufs, ni moutons, ni chèvres;

et on ne souffrait, d'ailleurs, aucun bé-

tail paître dans la forêt.

A l'heure où je vous parle, je trouve que

j'étais bien sot. Pourtant, il y a bien de
l'inconnu dans les affaires de ce monde
ou l'homme met le nez ; à meilleure en-
seigne, dans celles dont le bon Dieu s'est
réservé le secret.

Tant il y a que je n'osai point questionner Joseph, car si l'on peut être curieux des bonnes idées, on ne doit point
l'être des mauvaises, et mêmement, on
répugne toujours à se fourrer dans les affaires où l'on peut trouver plus qu'on ne
cherche.

QUATRIÈME VEILLÉE.

QUATRIÈME VEILLÉE

Une chose me donna encore plus à penser par la suite des jours. C'est que l'on s'aperçut à l'Aulnières que Joset découchait de temps en temps.

On l'en plaisantait, s'imaginant qu'il avait une amourette : mais on eût beau le suivre et l'observer, jamais on ne le vit s'approcher d'un lieu habité, ni rencontrer une personne vivante. Il s'en allait à travers champs et gagnait le large, si vite et si malignement, qu'il n'y avait aucun moyen de surprendre son secret. Il revenait au petit jour et se trouvait à son ouvrage comme les autres, et, au lieu de paraître las, il paraissait plus léger et plus content qu'à son habitude.

Cela fut observé par trois fois dans le courant de l'hiver, qui eut pourtant grande rigueur et longue durée cette année-là. Il

n'y eût neige ou bise capable d'empêcher Joset de courir de nuit quand
l'heure était venue pour sa fantaisie. On
s'imagina aussi qu'il était de ceux qui mar-
chent ou travaillent dans le sommeil;
mais, de tout cela, il n'était rien comme
vous verrez.

Mêmement, la nuit de Noël, comme
Véret le sabotier s'en allait faire réveillon
chez ses parents à l'Ourouer, il vit sous
l'orme Rateau, non pas le géant qu'on dit
s'y promener souvent avec son rateau sur
l'épaule, mais un grand homme noir qui
n'avait pas bonne mine et qui marmon-
nait tout bas quelque chose avec un autre

homme moins grand et d'une figure un
peu plus chrétienne. Véret n'eut pas ab_
solument peur et passa assez près d'eux
pour pouvoir écouter ce qu'ils se disaient.
Mais dès que les deux autres l'eurent vu,
ils se séparèrent ; l'homme noir dévalla
on ne sait où, et son camarade, s'approchant de Véret, lui dit d'une voix qui lui
parut tout étranglée :

— Où vas-tu donc comme ça, Denis
Véret ?

Le sabotier commença de s'étonner, et,
sachant qu'on ne doit point répondre aux
choses de la nuit, surtout à côté des mau-

vais arbres, il passa son chemin en dé-
tournant la tête; mais il fut suivi de celui
qu'il jugeait être un esprit, et qui marchait
derrière lui, mettant son pas dans le sien.

Quand ils furent en haut de la plaine,
le poursuivant tourna à main gauche,
disant :

— Bonsoir, Denis Véret!

Et ce ne fut que là que Véret reconnut
Joseph et se moqua de lui-même, mais
toutefois sans pouvoir s'imaginer pour
quel motif et en quelle société il s'était
trouvé à l'orme, entre une et deux heures
du matin.

Quand cette dernière chose vint à ma connaissance, j'en eus du regret et me fis reproche de n'avoir point détourné Joseph du mauvais chemin qu'il paraissait vouloir prendre. Mais j'avais laissé passer tant de temps là-dessus que je n'osai y revenir. J'en parlai à Brulette qui ne fit que s'en moquer, d'où je commençai à croire qu'ils avaient une amour cachée et que j'avais été pris pour dupe, ainsi que les gens qui voulaient y voir de la magie et n'y voyaient que du feu.

J'en fus plus affligé que courroucé; Joseph si toqué et si mou à l'ouvrage, me paraissait pour Brulette une triste compa-

gnie et un pauvre soutien. Je pouvais bien
lui dire, que, sans parler de moi, elle au
rait pu faire un meilleur tri ; mais je ne
m'en sentais point le courage, craignant
de la fàcher et de perdre son amitié qui
me paraissait encore douce, même sans le
restant de ses bonnes grâces.

Un soir, revenant à mon logis, je trouvai
Joseph assis au bord de la fontaine qu'on
appelle la font de fond. Ma maison, con-
nue alors sous le nom de la croix de Par-
Dieu, parce qu'elle se trouvait bâtie auprès
d'un carroir de chemins dont on a re-
tranché depuis la moitié, donnait sur cette
grande pelouse fine que vous avez vue

vendre et dépecer, comme bien communal et terre vague, il n'y a pas longtemps.
C'est grand dommage pour le petit monde
qui y nourrissait ses bêtes et qui n'a pu y
rien acheter. C'était chemin et pâturage
bien large, bien vert, et arrosé, à l'aventure, des belles eaux de la source, qui n'é-
taient point réglées et s'en allaient de ci et
de là sur un herbage court, tondu à toute
heure par les troupeaux et réjouissant à
voir par son étendue.

Je me contentais de dire bonsoir à Jo-
séph, quand il se leva et se mit à marcher
à mon côté, cherchant à avoir conversa-
tion avec moi. et paraissant si agité que

j'en fus inquiet. — Qu'est-ce que tu as donc? lui dis-je enfin, voyant qu'il parlait tout de travers et se tourmentait le corps de soupirs et de contorsions comme s'il eût passé dans une fourmilière.

— Tu me demandes ça? dit-il avec impatience. Ça ne te fait donc rien? Tu es donc sourd?

— Qui? quoi? qu'est-ce que c'est? m'écriai-je, pensant qu'il avait quelque vision, et ne me souciant pas d'en avoir ma part.

Puis, j'écoutai et saisis tout au loin le

son d'une musette qui me parut n'avoir rien que de naturel.

— Eh bien, lui dis-je, c'est quelque cornemuseux qui revient d'une noce du côté de la Berthenoux ? En quoi est-ce que ça te gêne ?

Joseph répondit d'un air assuré :—C'est la musette à Carnat, mais ce n'est point lui qui en joue... C'est quelqu'un qui est encore plus maladroit que lui !

— Maladroit ? Tu trouves Carnat maladroit sur la musette ?

— Maladroit de ses mains, non pas !

mais maladroit de son idée, Tiennét! Oh,
le pauvre homme! Il n'est pas digne
d'avoir le moyen d'une musette! Et celui
qui s'en essaye, à cette heure, mériterait
que le bon Dieu lui retire son vent de la
poitrine.

— Voilà des choses bien étranges que
tu me dis, et je ne sais point où tu les
prends. Comment peux-tu connaître que
cette musette-là est celle à Carnat? Il me
semble, à moi, que musette pour musette,
ça braille toujours de la même mode. J'entends bien que celle qui sonne là-bas n'est
pas soufflée comme il faut, et que l'air est
estropié un si peu; mais ça ne me gêne

point, car je n'en saurais pas faire autant.
Est-ce que tu crois que tu ferais mieux ?

— Je ne sais pas ! mais, pour sûr, il y
en a qui font mieux que ce cornemuseux
là, et mieux que Carnat, son maître. Il
y en a qui sont dans la vérité de la chose.

— Où les as-tu trouvés ? Où sont-ils,
ces gens dont tu parles ?

— Je ne sais pas ; mais il y a quelque
part une vérité, c'est le tout de la rencontrer, puisqu'on n'a pas le temps et le
moyen de la chercher.

— C'est donc, Joset, que tu aurais ton

idée tournée à la musiquerie? Voilà qui
m'étonnerait bien. Je t'ai toujours connu
muet comme une tanche, ne retenant et
ne ruminant aucune chanson ; car, quand
tu t'essayais sur le chalumeau de paille,
comme font beaucoup de pâtours, tu chan-
geais tous les airs que tu avais entendus,
de telle manière qu'on ne les reconnais-
sait plus. De ce côté-là, on te jugeait encore plus innocent que tous les enfants
innocents qui s'imaginent de cornemuser
sur les pipeaux ; or, si tu dis que Carnat
ne te contente pas, lui qui fait danser si
bien en mesure et qui mène ses doigts si
subtilement, tu me donnes encore plus à
penser que tu n'as pas l'oreille bonne.

l   11

— Oui, oui, répondit Joseph; tu as raison de me reprendre, car je dis des sottises, et je parle de ce que je ne sais pas. Or donc, bonne nuit, Tiennet; oublie ce que je t'ai dit, car ça n'est pas ce que j'aurais voulu dire; mais j'y penserai, pour tâcher de te le dire mieux une autre fois.

Et il s'en alla vîtement, comme regrettant d'avoir parlé; mais Brulette, qui sortait de chez nous avec ma sœur, l'arrêta, le ramena vers moi, et nous dit : — Il est temps que ces histoires-là finissent. Voilà ma cousine qui s'en est tant laissé dire, qu'elle tient Joset pour un loup-garou, et il faut s'expliquer à la fin !

— Qu'il soit donc fait selon ton vouloir, répondit Joseph, car je suis fatigué de passer pour sorcier, et j'aime encore mieux passer pour imbécille.

— Non, tu n'es ni imbécille, ni fou, reprit Brulette, mais tu es bien obstiné, mon pauvre Joset! Sache donc, Tiennet, que ce gars-là n'a rien de mauvais dans la tête, sinon une fantaisie de musique qui n'est pas si déraisonnable que dangereuse.

— Alors, répondis-je, je comprends ce

qu'il me disait tout-à-l'heure ; mais où diable a-t-il pris pareille idée ?

— Un petit moment ! reprit Brulette ; ne le fâchons pas injustement ; ne te dépêche pas de dire qu'il est incapable de musiquer ; car tu penses peut-être, comme sa mère et comme mon grand' père, qu'il a l'esprit bouché à cela, comme autrefois au catéchisme. Moi, je dirai que c'est toi, et mon grand' père, et la bonne Mariton qui n'y connaissez rien. Joseph ne peut chanter, non qu'il soit court d'haleine, mais parce qu'il ne fait point de son gosier ce qu'il veut ; et comme il ne se contente point lui-même, il aime mieux ne

jamais faire usage de sa voix, qui lui est
rétive. Alors, bien naturellement, il souhaite de musiquer sur un instrument qui
ait une voix en place de la sienne et qui
chante tout ce qui vient dans son idée.
C'est pour avoir toujours manqué de cette
voix d'emprunt, que notre gars a été toujours triste, ou songeur, ou comme ravi
en lui-même.

— C'est tout justement comme elle te
le dit! m'observa Joseph, qui paraissait
soulagé d'entendre cette belle jeunesse le
débarrasser de ses pensées en les ren-
dant compréhensibles pour moi. Mais ce
qu'elle ne te dit point, c'est qu'elle a une

voix en ma place, et une voix si douce, si
claire, et qui dit si justement les choses
entendues, que je prenais déjà, étant petit
enfant, mon plus grand plaisir à l'écouter.

— Mais, poursuivit Brulette, nous
avions bien quelquefois maille à partir
ensemble à ce sujet-là. J'aimais à imiter
toutes les petites filles de campagne, qui
ont pour coutume, en gardant leurs bêtes,
de crier leurs chansons à pleine tête,
pour se faire entendre au loin; et comme
en criant comme ça, j'outrepassais ma
force, je gâtais tout, et je faisais mal aux
oreilles de Joset. Et puis, quand je me

suis rangée à chanter raisonnablement, il
s'est trouvé que j'avais si bonne mémoire
pour retenir toutes choses chantables,
celles qui contentent notre gars, comme
celles qui l'encolèrent, que plus d'une fois,
je l'ai vu me brûler compagnie tout d'un
coup et s'en aller sans rien me dire, encore qu'il m'eût priée de chanter. Pour
ce qui est de ça, il n'est pas toujours
bien honnête ni gracieux; mais comme
c'est lui, j'en ris au lieu de m'en fâcher. Je sais bien qu'il y reviendra, car
il n'a pas la souvenance certaine,
et quand il a entendu quelque chan-
sonnette qu'il ne juge point trop laide,
il accourt me la demander, et il est

bien sûr de la trouver dans ma tête.

J'observai à Brulette que Joseph n'ayant
pas de souvenance, ne me paraissait point
né pour cornemuser.

— Oh dame! c'est là qu'il faut encore
retourner ton jugement de l'envers à l'endroit, répondit-elle. Vois-tu, mon pauvre
Tiennet, ni toi ni moi, ne connaissons la
vérité de la chose, comme dit ce gars-là.
Mais, à force de vivre avec ses songeries,
j'ai fini par comprendre ce qu'il ne sait
pas ou n'ose pas dire. La vérité de la
chose, c'est que Joset prétend inventer
lui-même sa musique, et qu'il l'invente

pour de vrai. Il a réussi à se faire une flûte
d'un roseau, et il chante là-dessus, je ne
sais comment, car il n'a jamais voulu se
laisser ouïr de moi, ni de personne de
chez nous. Quand il veut flûter, il s'en
va le dimanche, et mêmement la nuit,
dans des endroits non fréquentés où il
flûte à sa guise ; et quand je lui demande
de flûter pour moi, il me répond qu'il ne
sait pas encore ce qu'il veut savoir, et
qu'il m'en régalera quand ça en vaudra la
peine. Voilà pourquoi, depuis qu'il a in-
venté ce flûteriot, il s'absente tous les dimanches, et quelquefois sur la semaine,
pendant la nuit, quand sa musique le tient
trop fort.

Tu vois, Tiennet, que toutes ces affaires-
là sont bien innocentes; mais c'est à pré-
·sent qu'il faut nous expliquer tous les
trois, mes amis; car voilà Joset qui se met
dans la volonté d'employer son premier
gage (ayant jusqu'à cette heure tout
donné en garde à sa mère) à faire achat
d'une musette, et comme il dit qu'il est
mince ouvrier, et que son cœur voudrait
retirer la Mariton de ses fatigues, il pré-
tendrait se faire cornemuseux de son
état, parce que, de vrai, on y gagne gros.

— L'idée serait bonne, dit ma sœur,
qui nous écoutait, si, pour de vrai, Joseph
avait le talent; mais, avant d'acheter la

musette, m'est avis qu'il faudrait s'assurer
de la manière de s'en servir.

— Ça, c'est affaire de temps et de patience, dit Brulette ; mais là n'est point
l'empêchement. Est-ce que vous ne savez
pas que voilà, depuis un tour de temps, le
garçon à Carnat qui s'essaye aussi à cornemuser, à seules fins de garder au pays
la place de son père ?

— Oui, oui, répondis-je, et je vois ce
qui en résulte. Carnat est vieux, et on aurait pu avoir sa succession ; mais son fils,
qui la veut, la gardera, parce qu'il est
riche et bien appuyé dans le pays, tandis

que toi, Joset, tu n'as encore ni argent
pour acheter ta musette, ni maître pour
t'enseigner, ni amis de ta musique pour
te soutenir.

— C'est la vérité, répondit Joset tristement. Je n'ai encore que mon idée, mon
roseau et *elle!*

Ce disant, il désignait Brulette, qui lui
prit la main bien amiteusement en lui répondant:—Joset, je crois bien à ce qui est
dans ta tête, mais je ne peux pas être assu-
rée de ce qui en sortira. Vouloir et pouvoir
sont deux; songer et flûter diffèrent grandement. Je sais que tu as dans les oreilles,

ou dans la cervelle, ou dans le cœur, une vraie musique du bon Dieu, parce que j'ai vu ça dans tes yeux quand j'étais petite, et que, plus d'une fois, me prenant sur tes genoux, tu me disais d'un air charmé : — Écoute, ne fais pas de bruit, et tâche de te souvenir. Alors, moi, j'écoutais bien fidèlement, et je n'entendais que le vent qui causait dans les feuillages, ou l'eau qui grelottait au long des cailloux ; mais toi, tu entendais autre chose, et tu en étais si assuré, que je l'étais par contre.

» Eh bien, mon garçon, conserve dans ton secret ces jolies musiques qui te sont

bonnes et douces ; mais n'essaye point
de faire le ménétrier, car il arrivera
ceci ou cela : ou tu ne pourras jamais faire
dire à ta musette ce que l'eau et le vent te
racontent dans l'oreille ; ou bien, si tu
deviens musiqueux - fin, les autres petits
musiqueux du pays te chercheront noise
et t'empêcheront de pratiquer ; ils te vou-
dront mal et te causeront des peines,
comme ils ont coutume de faire, pour empêcher qu'on n'ait part à leurs profits et à
leur renom ; ils y mettent de l'intérêt et
de la gloriole aussi. Ils sont ici et aux
alentours une douzaine, qui ne s'accor-
dent guère entre eux, mais qui s'entendent
et se soutiennent pour ne point laisser

pousser de nouvelles graines sur leurs
terres. Ta mère, qui entend causer les
cornemuseux le dimanche, car ils sont tous
gens très asséchés de soif et coutumiers
de boire bien avant dans la nuit après les
danses, est très chagrinée de te voir penser à entrer dans une pareille corporation. Ils sont rudes et méchants, et toujours des premiers exposés dans les que-
relles et batteries. L'habitude d'être en
fête et chômage les rend ivrognes et dé-
pensiers. Enfin, c'est du monde qui ne te
ressemble point, et où tu te gâterais, selon
elle. Selon moi, c'est du monde jaloux et
porté à la vengeance, qui t'écraserait l'esprit et peut-être le corps. Par ainsi, Joset,

je te prie de reculer au moins ton dessein
et d'ajourner ton envie, et mêmement d'y
renoncer tout à fait, si ça n'est pas trop
demander à ton amitié pour moi, pour ta
mère et pour Tiennet.

Comme je soutenais les raisons de Brulette, qui me paraissaient bonnes, Joset
fut bien désolé; mais il reprit courage et
nous dit :

— Mes amis, je vous suis obligé de vos
conseils, qui sont dans l'intention de mes
vrais intérêts, je le sais; mais je vous prie
de me donner encore liberté d'esprit pour
un peu de temps. Quand j'en serai venu

où je crois arriver, je vous prierai de
m'entendre flûter ou cornemuser, s'il plait
à Dieu que je puisse acheter une musette.
Alors, si vous jugez que je suis bon à quelque chose, ma musique vaudra la peine
que je m'en serve, et que je soutienne la
guerre pour l'amour d'elle. Sinon, je con-
tinuerai à piocher la terre, et à me divertir le dimanche avec mon flûtage, sans en
tirer profit ni faire ombrage à personne.
Promettez-moi ça, et je patienterai.

Nous lui en fîmes promesse pour le
tranquilliser, car il paraissait plus choqué
de nos craintes que touché de notre intérêt. Je le regardais dans la nuit, qui était

toute semée d'étoiles, et le voyais d'autant mieux que la belle eau de la fontaine était devant nous comme un miroir
qui nous renvoyait à la figure la blancheur
du ciel. J'observai ses yeux, qui avaient la
couleur de l'eau même et qui paraissaient
toujours regarder des choses que les autres ne voyaient point.

Un mois environ après ce jour-là, Joseph me vint trouver à la maison. — Le
temps est arrivé, me dit-il avec un re-
gard net et une parole sûre, où je veux
que les deux seules personnes en qui
j'ai confiance, connaissent mon flûter. Je
veux donc que Brulette vienne ici demain

soir, parceque nous y serons tranquilles
tous les trois. Je sais que tes parens par-
tent le matin pour aller en pélérinage,
rapport à la fièvre de ton frère cadet; tu
seras donc seul dans ta maison, qui est si
bien éloignée dans la campagne que nous
ne risquons pas d'être entendus. J'ai averti
Brulette, elle est consentante à sortir du
bourg à la nuit; je l'attendrai dans le petit chemin, et nous viendrons ici te trouver
sans que personne s'en avise. Brulette
compte sur toi pour ne jamais parler de
ça, et son grand-père, qui veut tout ce
qu'elle souhaite, y est consentant aussi,
moyennant la parole, que j'ai donnée
d'avance.

A l'heure dite, j'étais devant ma porte, ayant poussé toutes les huisseries pour que les passans (s'il en passait), me crussent couché ou absent, et j'attendais l'arrivée de Brulette et de Joseph. On était alors au printemps, et, comme il avait tonné dans le jour, le ciel était encore chargé de nuages très épais. Il faisait des bons coups de vent tiède, qui apportaient toutes les jolies senteurs du mois de mai. J'écoutais les rossignols qui se répondaient dans la campagne aussi loin que l'ouïe pouvait s'étendre, et je me disais que Joseph aurait grand peine à flûter aussi finement. Je regardais au loin toutes les petites clartés des maisons s'éteindre une à une

dans le bourg; et environ dix minutes
après que la dernière fut soufflée, je vis
arriver, tout droit devant moi, le jeune
couple que j'attendais. Ils avaient marché
si doucement sur les herbes nouvelles, et si
bien côtoyé les grands buissons du chemin,
que je ne les avais vu ni entendu approcher. Je les fis entrer chez nous, où j'avais
allumé la lampe, et quand je les vis tous
deux, elle toujours si coquettement coiffée
et si tranquillement fière, lui toujours
si froid et si pensif, je me représentai
mal deux amoureux enflammés de ten-
dresse.

Pendant que je causais un peu avec Bru-

lette pour lui faire les honneurs de ma demeurance, qui était assez gentille, et dont
j'aurais souhaité qu'elle prît envie, Joseph, sans me rien dire, s'était mis en devoir d'accommoder sa flûte. Il trouva que
le temps humide l'avait enrhumée, et jeta
une poignée de chenevottes dans l'âtre
pour l'y réchauffer. Quand les chenevottes s'enflammèrent, elles envoyèrent une
grande clarté à son visage penché vers le
foyer, et je lui trouvai un air si étrange que
j'en fis tout bas l'observation à Brulette.

— Vous aurez beau penser, lui dis-je,
qu'il ne se cache le jour et ne court la
nuit que pour flûter tout son saoûl, je
sais, moi, qu'il y a en lui et autour de

lui quelque mystère qu'il ne nous dit
pas.

— Bah! fit-elle en riant, parce que Véret le sabotier s'imagine de l'avoir vu
avec un grand homme noir à l'orme rateau?

— Possible qu'il ait rêvé ça, répondis-
je; mais moi, je sais bien ce que j'ai vu et
entendu à la forêt.

— Qu'est-ce que tu as vu, Tiennet? dit
tout d'un coup Joset, qui ne perdait rien de
notre discours, encore que nous eussions
parlé bien bas. Qu'est-ce que tu as entendu? Tu as vu celui qui est mon ami, et que

je ne peux te montrer : mais ce que tu as
entendu, tu vas l'entendre encore, si la
chose te plaît.

Là dessus, il souffla dans sa flûte, l'œil
tout en feu, et la figure comme embrâsée
par une fièvre.

Ce qu'il flûta, ne me le demandez
point. Je ne sais si le diable y eût connu
quelque chose ; tant qu'à moi, je n'y connus rien, sinon qu'il me parut bien que
c'était le même air que j'avais ouï cornemuser dans la fougeraie. Mais j'avais eu
si belle peur dans ce moment là , que
je ne m'étais point embarrassé d'écouter
le tout; et, soit que la musique en fut

longue, soit que Joseph y mit du sien,
il ne décota de flûter d'un gros quart
d'heure, menant ses doigts bien finement,
ne désoufflant mie, et tirant si grande sonnerie de son méchant roseau, que, dans
des moments, on eût dit trois cornemuses
jouant ensemble. Par d'autres fois, il faisait
si doux qu'on entendait le grelet au dedans de la maison et le rossignol au dehors; et quand Joset faisait doux, je confesse que j'y prenais-plaisir, bien que le
tout ensemble fût si mal ressemblant à ce
que nous avons coutume d'entendre, que
ça me représentait un sabbat de fous.

— Oh, oh! que je lui dis quand il eût

fini, voilà bien la musique enragée! Où diantre prends-tu tout ça? à quoi que ça peut servir, et qu'est-ce que tu veux signifier par là?

Il ne me fit point réponse, et sembla même qu'il ne m'entendait point. Il regardait Brulette qui s'était appuyée contre une chaise et qui avait la figure tournée du côté du mur.

Comme elle ne disait mot, Joset fut pris d'une flambée de colère, soit contre elle, soit contre lui-même, et je le vis faire le mouvement de briser sa flûte entre ses mains; mais, au même moment, la belle fille regarda de son côté, et je fus bien

étonné de voir qu'elle avait des grosses
larmes au long des joues.

Alors, Joseph courut auprès d'elle, et
lui prenant vivement les mains : Explique-
toi, ma mignonne, dit-il, et fais-moi connaître si c'est de compassion pour moi
que tu pleures, ou si c'est de contentement.

— Je ne sache point, répondit-elle, que
le contentement d'une chose comme ça
puisse faire pleurer. Ne me demande donc
point si c'est que j'ai de l'aise ou du mal ;
ce que je sais, c'est que je ne m'en puis
empêcher, voilà tout.

— Mais à quoi est-ce que tu as pensé, pendant ma flûterie ? dit Joseph en la fixant beaucoup.

— A tant de choses, que je ne saurais point t'en rendre compte, répliqua Brulette.

— Mais enfin, dis-en une, reprit-il sur un ton qui signifiait de l'impatience et du commandement.

— Je n'ai pensé à rien, dit Brulette ; mais j'ai eu mille ressouvenances du temps passé. Il ne me semblait point te voir flûter, encore que je t'ouïsse bien clairement ; mais tu me paraissais comme dans l'âge où nous demeurions ensemble, et je me sentais comme portée avec toi par un grand vent qui nous promenait tantôt sur les blés mûrs, tantôt sur les herbes folles, tantôt sur les eaux courantes ; et je voyais des prés, des bois, des fontaines, des pleins champs de fleurs, et des pleins ciels d'oiseaux qui passaient dans les nuées. J'ai vu aussi, dans ma songerie, ta mère et mon grand-père assis devant le feu, et causant de choses que je n'entendais point, tandis que je te voyais à genoux dans un coin, disant ta prière, et que je me sentais comme endormie dans mon petit lit. J'ai vu encore la terre couverte de neige, et des saulnées remplies d'allouettes, et puis

des nuits remplies d'étoiles filantes, et
nous les regardions, assis tous deux sur
un tertre, pendant que nos bêtes faisaient
le petit bruit de tondre l'herbe ; enfin, j'ai
vu tant de rêves que c'est déjà embrouillé
dans ma tête ; et si ça m'a donné l'envie
de pleurer, ce n'est point par chagrin,
mais par une secousse de mes esprits que
je ne peux point l'expliquer du tout.

— C'est bien ! dit Joset. Ce que j'ai
songé, ce que j'ai vu en flûtant, tu l'as vu
aussi ! Merci, Brulette ! Par toi, je sais que
je ne suis point fou et qu'il y a une vérité
dans ce qu'on entend, comme dans ce
qu'on voit. Oui, oui ! fit-il encore, en se
promenant dans la chambre à grandes

enjambées et en élevant sa flûte au dessus
de sa tête; ça parle, ce méchant bout de
roseau; ça dit ce qu'on pense; ça montre
comme avec les yeux ; ça raconte comme
avec les mots; ça aime comme avec le
cœur; ça vit, ça existe! Et à présent, Joset
le fou, Joset l'innocent, Joset l'ébervigé,
tu peux bien retomber dans ton imbé-
cillité; tu es aussi fort, aussi savant, aussi
heureux qu'un autre!

Disant cela, il s'assit, sans plus faire
attention à aucune chose autour de lui.

CINQUIÈME VEILLÉE.

CINQUIÈME VEILLÉE.

Nous le dévisagions, Brulette et moi,
car il n'était plus le Joset que nous con-
naissions. Pour moi, il y avait quelque
chose dans tout cela qui me rappelait les
histoires qu'on fait chez nous sur les son-

neurs-cornemuseux, lesquels passent pour
savoir endormir les plus mauvaises bêtes,
et mener à nuitée des bandes de loups par
les chemins, comme d'autres mèneraient
des ouailles aux champs. Joset n'était
point dans une figure naturelle à ce mo-
ment-là, devant moi. De chétif et pâlot,
il paraissait grandi et amendé, comme je
l'avais vu dans la forêt. Il avait de la
mine; ses yeux étaient dans sa tête comme
deux rayons d'étoiles, et quelqu'un qui
l'aurait jugé le plus beau garçon du
monde, ne se serait point trompé sur le
moment.

Il me paraissait aussi que Brulette en
était charmée et ensorcelée, puisqu'elle

avait vu tant d'affaires dans cette flûterie
où je n'avais vu que du feu, et j'eus beau
vouloir lui représenter que Joset ne ferait
jamais danser que le diable avec sa musique, elle ne m'écouta point, et le pria de
recommencer.

Il s'y porta bien volontiers, et reprit sur
un air qui ressemblait au premier, mais
qui n'était pourtant pas le même; d'où je
vis que ses idées ne différaient point les
unes des autres pour le moment, et qu'il
ne voulait en rien se ranger à la mode du
pays. En voyant comme Brulette écoutait et
paraissait goûter la chose, je fis un effort
de ma tête pour la goûter aussi, et il me

parut que je m'accoutumais si bien à cette
nouvelle sorte de musique, que j'en étais
mouvé aussi au-dedans de moi; car il se
fit aussi en moi une songerie, et je crus
voir Brulette dansant toute seule au clair
d'une belle lune, sous des buissons de
blanche épine fleurie, et secouant son ta-
blier rose, comme prête à s'envoler.
Mais voilà que, tout d'un coup, il se fit,
non loin de là, comme une sonnerie de
clochette, pareille à celle que j'avais ouïe
sur la fougeraie, et la flûterie de Joset
s'arrêta comme coupée net au beau mi-
tant.

Je me réveillai alors de ma fantaisie, et

m'assurai que la clochette n'était point un rève ; que Joseph s'était interrompu de flûter, qu'il se tenait debout, d'un air tout estomaqué, et que Brulette le regardait, non moins étonnée que moi.

Alors toute ma peur me revint. — Joset, que je lui dis sur un ton de reproche, il y en a plus que tu n'en confesses ! Ce n'est pas tout seul que tu as appris ce que tu sais, et voilà dehors un compagnon qui te répond malgré toi. Or ça, donne-lui congé vîtement, car je ne serais pas content de l'avoir en ma maison ; je t'y ai invité, et non point du tout lui, ni aucun de sa séquelle. Qu'il s'en aille, ou je vas lui chanter une antienne qui le fàchera bien.

Et disant cela, je pris à la cheminée un vieux fusil à mon père, que je savais chargé de trois balles bénites, car la grand'bête a toujours eu coutume de s'ébattre aux alentours de la font de fond, et encore que je ne l'eusse jamais vue, j'étais toujours prêt à la recevoir, sachant que mes parents la redoutaient grandement, et en avaient été mainte fois molestés.

Joset se prit à rire au lieu de me répondre, et appelant son chien, s'en alla ouvrir la porte. Mon chien, à moi, avait suivi mes parents au pélérinage; si bien que je ne pouvais pas m'assurer si c'était du vrai

monde ou du mauvais qui clochetait au
dehors ; car vous savez que les animaux
et particulièrement les chiens, ont grande
connaissance là-dessus et jappent d'une
façon qui le fait assavoir aux humains.

Il est bien vrai que Parpluche, le chien
à Joset, au lieu de s'enmalicer, avait
couru le premier vers la porte, et qu'il
sauta dehors bien gaîment quand il la vit
ouverte ; mais cette bête pouvait être
charmée aussi, et, dans tout cela, je ne
voyais rien de bon.

Joset sortit, et le vent, qui était redevenu
fort, repoussa sitôt la porte entre lui et
nous. Brulette, qui s'était levée aussi, fit

mine de la rouvrir pour voir ce que c'était ;
mais je l'en empêchai vitement, lui remon-
trant qu'il y avait là-dessous quelque mauvais secret, si bien qu'elle commença aussi
d'être épeurée, et de regretter d'être venue là.

— N'ayez crainte, Brulette, que je lui
dis ; je crois aux méchants esprits, mais
ne les redoute point. Ils ne font de mal
qu'à ceux qui les recherchent, et tout ce
qu'ils peuvent sur les vrais chrétiens, c'est
de leur donner frayeur ; mais cette frayeur-
là, on peut et on doit la combattre. Tenez, dites une prière ; moi, je garderai la
porte, et je vous assure que rien de nui-
sible n'entrera céans.

— Mais ce pauvre gars, répondit Brulette, s'il s'est mis dans un mauvais chemin, ne faudrait-il pas tâcher de l'en
retirer?

Je lui fis signe d'avoir à se taire, et,
planté derrière la porte, avec mon fusil
tout armé, j'écoutai de toutes mes oreilles.
Le vent soufflait fort, et la clochette ne
s'entendait plus que par moments et en paraissant s'éloigner. Brulette se tenait au
fond de la maison, moitié riant, moitié
tremblant, car c'était une fille sans grand
souci, qui, volontiers se moquait du diable,
et qui, pourtant, n'aurait point souhaité
d'en faire la connaissance.

Tout-à-coup, j'entendis, non loin de la
porte, Joset qui revenait, disant : —
Oui, oui ! sitôt la Saint-Jean qui vient !
Merci à vous et au bon Dieu ! Il sera fait
comme vous souhaitez, et vous pouvez
compter sur ma parole.

Comme il parlait du bon Dieu, je repris
confiance, et, ouvrant la porte un petit,
j'avisai dehors, où je reconnus, au moyen
de la clarté qui sortait de la maison, Joset à côté d'un homme bien vilain à voir,
car il était noir de la tête aux pieds,
mêmement sa figure et ses mains, et il
avait, derrière lui, deux grands chiens
noirs comme lui, qui batifollaient avec

celui à Joset. Et alors, il répondit avec
une voix si forte que Brulette l'entendit et
en trembla, « *Adieu, petit, et à revoir. Ici,
Clairin !* » ·

Il n'eut pas plutôt dit cela, que la clochette sauta et ressauta, et que je vis arriver sur lui un petit cheval maigre, tout
hérissé, qui avait des yeux comme des
charbons ardents, et, au cou, une sonnette reluisante comme de l'or. — *Va rappeler ton monde !* reprit le grand homme
noir. Le petit cheval s'en fut galoppant,
suivi des deux chiens, et le maître, donnant une poignée de main à Joseph, s'en
fut aussi. Joset rentra, et referma la porte,

me disant d'un air moqueur : « Qu'est-ce que tu fais donc là, Tiennet? — Et toi, Joset, qu'est-ce que tu tiens là? que je répondis, voyant qu'il avait sòus le bras un paquet emmaillotté d'une toile noire.

— Ça? dit-il. C'est le bon Dieu qui me l'envoie à l'heure dite! Viens, mon Tiennet, viens, ma Brulette; voyez, voyez le beau présent du bon Dieu !

— Le bon Dieu n'a pas des anges si noirs, lui dis-je, et ne donne rien aux mauvaises pratiques.

— Tais-toi donc, fit Brulette; laissons-le s'expliquer.

Mais elle n'avait pas fini de dire ces trois mots, qu'il se fit, sur le grand chemin herbu de la Font de Fond, comme qui eut dit à vingt pas de la maison, qui n'en était séparée que par son jardin et sa chenevière, un sabbat enragé, comme si deux cents bêtes folles galoppaient à la fois. Et la clochette clochait, les chiens jappaient, et la grosse voix de l'homme noir criait : « Tôt ! tôt ! ci, ci ! à moi, Clairin, encore, encore ! Il m'en faut encore trois ! A toi, Louveteau, à toi, Satan !... vite, vite, en route ! »

Pour le coup, Brulette eut si belle peur, qu'elle se recula de Joseph et vint se mettre à côté de moi, ce qui me bailla grand courage ; et reprenant mon fusil :

— Je n'entends pas, dis-je à Joseph, que ton monde vienne se réjouir à nuitée, autour d'ici. Voilà Brulette qui en a assez, et qui souhaiterait bien d'être rendue chez elle. Or ça, finis ton charme, ou je vas donner la chasse à ton sabbat.

Joset m'arrêta comme je sortais. — Reste-là, me dit-il, et ne te mêle pas de ce qui ne te regarde point. Faire se pourrait que tu en eusses regret plus tard. Tiens-toi tranquille, et regarde ce que j'apporte ; tu sauras ensuite ce qui en est.

Comme le vacarme s'en allait se per-
dant, je consentis à regarder, d'autant
que Brulette était comme affolée de savoir ce qu'était ce paquet, et Joseph le dé-
faisant, nous fit voir une musette, si
grande, si grosse, si belle, que c'était, de
vrai, une chose merveilleuse, et telle que
je n'en avais jamais vue.

Elle avait double bourdon, l'un desquels, ajusté de bout en bout, était long
de cinq pieds, et tout le bois de l'instrument, qui était de cerisier noir, crevait
les yeux par la quantité d'enjolivures de
plomb, luisant comme de l'argent fin,
qui s'incrustaient sur toutes les jointures.

Le sac à vent était d'une belle peau,
chaussée d'une taie d'indienne rayée bleu
et blanc; et tout le travail était agencé
d'une mode si savante, qu'il ne fallait que
bouffer bien petitement pour enfler le
tout et envoyer un son pareil à un tonnerre.

— Le sort en est donc jeté ? dit Brulette,
que Joseph n'écoutait guère, tant il trouvait d'aise à démonter et à remonter toutes
les pièces de sa musette; tu vas donc te
faire cornemuseux, Joset, sans égard pour
les empêchements qui s'y rencontrent, et
pour le souci que ta mère en prend ?

— Je serai cornemuseux, dit-il, quand

je saurai cornemuser. D'ici-là, il poussera du blé sur terre et il tombera des feuilles dans les bois. Ne nous inquiétons point de ce qui sera, enfants ! mais sachez ce qui est, et ne m'accusez plus de faire marché avec le diable.

« Celui qui vient de m'apporter cela, n'est ni sorcier, ni démon. C'est un homme un peu rude à l'occasion, son métier l'y oblige, et comme il s'en va passer la nuit pas loin d'ici, je te conseille et te prie, mon ami Tiennet, de n'aller point du côté où il est. Excuse-moi de ne te point dire comme il se nomme et quel est son métier ; et mêmement, promets-moi de ne pas dire

que tu l'as vu et qu'il a passé par ici. Cela
pourrait lui amener des ennuis, ainsi qu'à
nous autres. Sache seulement que cet
homme-là est de bon conseil et de bon jugement. C'est lui que tu as entendu dans
la fougeraie de la forêt de Saint-Chartier,
jouant d'une musette pareille à celle-ci ;
car, encore qu'il ne soit pas cornemuseux
de son état, il en sait long et m'a fait entendre des airs qui sont plus beaux que
tous les nôtres. C'est lui qui, voyant que
pour n'avoir pas l'argent suffisant j'é-
tais empêché d'acheter une pareille musette, s'est contenté d'une petite avance,
et m'a fait celle du reste, me promettant
de me rapporter l'instrument vers le temps

où nous voici, et consentant à attendre
ma commodité pour m'acquitter. Car cette
chose-là coûte huit bonnes pistoles, voyez-
vous, et c'est quasimént une année de ma
peine. Or, je n'avais que le tiers de la
somme, et il m'a dit : « Si tu te fies à moi,
donne, et je me fierai à toi pareillement. »
Voilà comme la chose s'est faite ; je ne le
connaissais mie, et comme nous n'avions
pas de témoins, il m'eût trompé s'il eût
voulu ; et si j'eusse pris conseil de vous
pour cela, convenez que vous m'en eussiez
détourné. Vous voyez pourtant que c'est
un homme bien fidèle, car il m'avait dit :
je passerai du côté de ton endroit à la Noël
qui vient, et je te ferai réponse. A la Noël

je l'ai attendu à l'orme Rateau, et il a
passé, et il m'a dit : La chose n'est point
terminée, on y travaille ; entre le premier
et le dixième jour de mai, je passerai encore, et je te l'apporterai. Et voilà que
nous sommes le huit de mai. Il a passé, et,
comme il se détournait un peu de son chemin pour aller me chercher au bourg,
étant ici près, il a entendu l'air que je
flûtais et qu'il sait bien n'être connu que
de moi au pays d'ici ; tandis que moi, j'ai
bien entendu et reconnu son *clairin*. C'est
comme cela que, sans que le diable y ait
eu part, nous nous sommes donné le bonsoir, en nous promettant de nous revoir à
la Saint-Jean.

— S'il en est ainsi, répondis-je, pourquoi ne lui as-tu point dit d'entrer chez
nous, où il se serait reposé et rafraîchi
d'un bon coup de vin? Je lui aurais fait
bonne fête, pour t'avoir si honnèlement
tenu parole.

— Oh! pour ce qui est de ça, dit Joseph,
c'est un homme qui ne se comporte pas
toujours comme les autres. Il a ses coutumes, ses idées et ses raisons. Ne m'en demande pas plus que je ne peux t'en
dire.

— C'est donc qu'il se cache des honnêtes
gens? fit Brulette. Ça me paraît pire que

d'être sorcier. C'est quelqu'un qui a fait
du mal, puisqu'il ne roule que de nuit, et
que tu ne peux point le nommer à tes
amis.

— Je vous dirai cela demain, répondit
Joseph en souriant de nos craintes. Pour
ce soir, pensez comme vous voudrez, je ne
vous dirai rien de plus. Allons, Brulette,
voilà que le coucou marque minuit. Je vas
te reconduire, et je mettrai chez toi ma
cornemuse en garde et en cache ; car ce
n'est point dans tout le pays d'alentour
que je peux m'y essayer, et le temps de
me faire connaître n'est point encore
venu.

Brulette me fit son adieu bien gentil-
ment, en mettant sa main dans la mienne.
Mais quand je vis qu'elle mettait tout son
bras sous celui de Joseph, pour s'en aller,
la jalousie me galoppant encore une fois,
je les laissai partir par le chemin, et, cou-
pant droit par le côté de la chenevière,
je traversai le petit pré et me postai sous
la haie pour les voir passer ensemble.
Le temps s'était éclairci un peu, et,
comme il avait tombé de l'eau, je vis Brulette quitter le bras de Joseph pour relever sa robe plus commodément, en lui
disant : — Tiens, ça n'est pas aisé de
marcher deux de front. Passe devant
moi.

A la place de Joset, j'eusse offert de la **porter** dans le mauvais chemin, ou, si je n'eusse point osé la prendre dans mes bras, à **tout** le moins j'aurais resté derrière elle **pour regarder** tout mon saoûl sa jolie jambe. Mais Joset n'en fit rien; il ne s'embarrassait d'aucune chose au monde que de sa musette, et, en le voyant la plier avec soin et la regarder avec amour, je connus bien qu'il n'avait point d'autre amoureuse pour le moment.

Je rentrai chez moi plus tranquille de toutes façons, et me mis au lit, un peu fatigué de mon corps et de mon esprit.

Mais je n'y fus pas un quart d'heure sans

être éveillé par monsieur, Parpluche qui
s'étant amusé avec les chiens de l'homme
étranger, revenait chercher son maître, et
qui grattait à ma porte. Je me levai pour
le faire entrer, et m'avisai alors d'un bruit
dans mon avoine, laquelle poussait verte
et drue derrière la maison, et qui me
semblait tondue à belles dents et labou-
rée à quatre pieds par quelque bête à qui
je n'avais point vendu mon grain en herbe.

J'y courus, armé du premier bâton qui
me tomba sous la main et en sifflant Parpluche, qui ne m'obéit point et s'en fut
chercher son maître, après avoir flairé dans
la maison.

Entrant donc dans mon petit champ, j'y vis quelque chose qui se roulait sur le dos, les pattes en l'air, écrasant à droite et à gauche, se relevant, sautant, broutant, et prenant du tout bien à son aise. Je fus un moment sans oser courir dessus, ne connaissant pas quelle bête c'était. Je n'en distinguais bien que les oreilles, qui étaient trop longues pour appartenir à un cheval ; mais le corps était trop noir et trop gros pour être celui d'un âne. Je m'en approchai doucement ; la bête ne paraissait ni méchante ni farouche, et je connus alors que c'était un mulet, encore que je n'en eusse pas vu souvent, car on n'en élève point dans nos pays, et les muletiers n'y

passent guère. Je m'apprêtais à le prendre et le tenais déjà aux crins, quand, levant de l'arrière train et lâchant une douzaine de ruades dont je n'eus que le
temps de me garer, il sauta comme un
lièvre pardessus le fossé et s'ensauva si
vite, qu'en un moment je l'eus perdu de
vue.

Ne me souciant point d'avoir mon avoine
gâtée par le retour de cette bête, je renon-
çai à dormir avant d'en avoir le cœur net.
Je rentrai à la maison pour prendre ma
veste et mes souliers, et, fermant bien
les portes, je descendis par les prés vers
le côté où j'avais vu courir la mule. J'a-

vais bien une doutance que ça faisait partie de la bande à l'homme noir, ami de
Joseph; justement, Joseph m'avait con-
seillé de n'y rien voir; mais depuis que
j'avais touché une bête vivante, je ne me
sentais plus aucune crainte. On n'aime
pas les fantômes; mais quand on est sûr
d'avoir affaire à du solide, c'est autre
chose, et du moment que l'homme noir
était un homme, si fort fut-il, et si barbouillé lui plut-il de se montrer, je ne
m'en embarrassais non plus que d'une
belette.

Vous n'êtes pas sans avoir ouï dire que
j'étais un des plus forts du pays dans mon

jeune temps, puisque, tel que me voilà, je
ne crains encore personne.

Avec ça, j'étais vif comme un gardon,
et je savais qu'en un danger au-dessus du
pouvoir d'un seul, il aurait fallu être un
oiseau ailé, pour m'attraper à la course.
M'étant donc précautionné d'une corde,
et armé de mon fusil, à moi, qui n'avait
point de balles bénites, mais qui portait
plus juste que celui de mon père, je me
mis à la recherche.

Je n'avais pas fait deux cents pas, que je
vis trois autres bêtes pareilles, dans la mar-
sèche à mon beau-frère, lesquelles s'y com-

portaient aussi malhonnêtement que possible. Comme la première, elles se laissèrent
bien approcher, mais, tout aussitôt, pri-
rent leur course et se sauvèrent dans un
autre héritage qui dépendait du domaine
de L'aulnières, et où s'ébattait une troupe
d'autres mules, toutes bien en point, ré-
veillées comme souris et gambillant à la
lune levante en vraie *chasse à baudet*, qui
est, comme savez, la danse des bour-
riques du diable, quand les follets et les
fades galoppent dessus à travers les nuées.

Il n'y avait pourtant point là de magie,
mais bien une grande fraude de pâture et
un ravage abominable. La récolte n'était

pas mienne, et j'aurais pu me dire que cela ne me regardait point; mais je me sentais écoléré d'avoir couru pour rien après ces méchantes bêtes, et on ne peut voir saccager du beau froment du bon Dieu sans y avoir regret.

Je m'avançai donc dans ¡cette grande pièce de blé sans voir âme chrétienne, mais voyant bien foisonner les mulets, et songeant d'en attraper quelqu'un qui put me servir de témoignage, quand je viendrais à porter plainte du mal commis sur ma terre.

J'en avisai un qui me paraissait plus rai-

I   15

sonnable que les autres, et quand je fus auprès, je vis que ce n'était point même gibier, mais bien le petit cheval maigre qui avait une clochette au cou, laquelle clochette, comme j'ai su plus tard, s'appelle Clairin, en pays bourbonnais, et donne le nom au cheval qui la porte. Ne sachant rien des usances du monde où je me trouvais, ce fut par grand hasard que je pris le bon moyen, qui fut de m'emparer du clairin et de l'emmener, sauf à accrocher un mulet ou deux ensuite, si je pouvais y aboutir.

La petite bête, qui paraissait mignonne et bien privée, se laissa caresser et em-

mener sans souci de rien ; mais, dès qu'elle
se mit à marcher, son clairin se mettant à
sonner, grande fut ma surprise de voir
accourir toutes les mules, éparses emmi
les blés, lesquelles volèrent après moi
comme les abeilles après leur reine. Par
là je vis qu'elles étaient dressées à suivre
le clairin, et qu'elles en connaissaient la
sonnerie comme bons moines connaissent la cloche de matines.

SIXIÈME VEILLÉE.

SIXIÈME VEILLÉE,

Je ne me demandai pas longtemps ce que j'allais faire de cette bande malfaisante. Je tirai droit sur le domaine de L'aulnières, pensant, avec raison, qu'il me serait aisé d'ouvrir la barrière de la cour, d'y faire entrer tout mon monde, après quoi, j'éveillerais les métayers, lesquels, avertis du dommage, agiraient comme bon leur semblerait.

J'approchais du domaine, lorsque, par aventure, il me parut voir, sur le chemin, un homme qui accourait derrière moi. J'armai mon fusil, songeant que si c'était le maître des mulets, j'aurais maille à partir avec lui.

Mais c'était Joseph, qui revenait de conduire Brulette au bourg, et qui retournait à L'aulnières. — Que fais-tu là, Tiennet?

me dit-il, en me rejoignant au plus vite
qu'il put courir : ne t'avais-je point averti
de ne pas sortir de chez toi ? Tu te mets-là
en danger de mort : lâche ce cheval et ne
te soucie de ces bêtes. Ce qu'on ne peut
empêcher, il vaut mieux le souffrir que de
chercher un pire mal.

— Merci, mon camarade, que je lui répondis : tu as des amis bien aimables, qui
viennent faire pâturer leur cavalerie dans
mon bien, et je ne soufflerai mot ? c'est
bon, c'est bon ! passe ton chemin si tu as
peur ; moi, j'irai jusqu'au bout, et me ferai
raison par justice ou par force.

Comme je disais cela, m'étant arrêté

avec les bêtes pour lui répondre, nous en-
tendîmes japper au loin, et Joset, prenant
vivement la corde qui me servait à mener
le cheval, me dit: — Alerte, Tiennet!
voilà les chiens du muletier! si tu ne veux
être dévoré, lâche le clairin; aussi bien,
le voilà qui reconnait la voix de ses gar-
diens et tu n'en aurais pas bon marché
maintenant.

Il disait vrai; le clairin avait dressé les
oreilles en avant pour écouter, puis, les
couchant en arrière, ce qui est une grande
marque de dépit, il se mit à hennir, à se
cabrer, à ruer, ce qui mit toutes les mules
en danse autour de nous, si bien que nous

n'eûmes que le temps de nous en retirer,
laissant partir le tout, bride avalée, du
côté des chiens.

Je n'étais guère content de céder, et
comme les chiens, après avoir rassemblé
leur troupeau enragé, faisaient mine de
venir sur nous pour nous demander nos
comptes, je fis celle d'abattre d'un coup de
fusil le premier des deux qui me porterait
la parole.

Mais Joset alla au devant de lui et s'en
fit reconnaître. — Ah Satan ! lui dit-il,
vous êtes en faute. Vous vous êtes amusé
à courir quelque lièvre dans les blés, au
lieu de garder vos bêtes, et quand votre

maître se réveillera, vous serez corrigé
si vous n'êtes pas à votre poste, avec Louveteau et le Clairin.

Le chien Satan, connaissant qu'on lui
faisait reproche de sa conduite, obéit à
Joset, qui l'appela vers une grande friche,
où les mules pouvaient pâturer sans faire
de dommage, et où Joseph me dit qu'il
resterait à les garder jusqu'au retour de
leur maître.

— C'est égal, Joset, lui dis-je, ça ne se
passera pas si tranquillement que tu crois,
et si tu ne veux me dire où est caché le
maître de ces mulets, je resterai là à

l'attendre aussi, pour lui dire son fait, et demander réparation du tort qu'il m'a causé.

— Je vois bien, reprit Joseph, que tu ne sais pas la vie des muletiers, puisque tu crois si commode d'en avoir raison ; et, de vrai, c'est, je crois, la première fois qu'il en passe par ici. Ce n'est point leur chemin, puisque, d'ordinaire, ils descendent des bois du Bourbonnais par ceux de Meillant et de l'Épinasse, pour passer dans ceux de Cheurre. C'est par aventure que je me suis trouvé en rencontrer dans la forêt de Saint-Chartier, où ils faisaient halte, pour gagner Saint-Août, et du nombre était celui-ci, qui s'appelle Huriel, et

qui est demandé, à présent, aux forges
d'Ardentes, pour porter du charbon et
minerai. Il a bien voulu se détemcer d'une
couple d'heures pour m'obliger. Il s'en
suit qu'ayant quitté ses compagnons et les
pays de brandes, qui se trouvent sur le
chemin fréquenté de ceux de son état, et
où les mules peuvent pâturer sans nuire à
personne, il a peut-être cru pouvoir se
donner même licence dans nos pays de
grain ; et encore qu'il ait grand tort, il serait mal commode de lui faire entendre
qu'il n'y a pas droit.

— Et si, faudra-t-il bien qu'il l'entende
de moi, répondis-je, car je sais maintenant

de quoi il retourne. Oh! oh! des muletiers! on sait ce que c'est, et tu me donnes
souvenance de ce que j'en ai ouï raconter
à mon parrain Gervais, le forestier. Ce
sont gens sauvages, méchants et mal appris, qui vous tuent un homme dans un
bois, avec aussi peu de conscience qu'un
lapin; qui se prétendent le droit de ne
nourrir leurs bêtes qu'aux dépens du
paysan, et qui, si on le trouve mal séant,
et qu'ils ne soient pas les plus forts pour
résister, reviennent plus tard ou envoyent
leurs compagnons faire périr vos bœufs
par maléfice, brûler vos bâtiments, ou pis
encore; car ils se soutiennent comme lar-
rons en foire.

— Puisque tu as ouï parler de ces
choses, dit Joseph, tu vois que nous aurions tort, pour un petit dommage, d'en
attirer un plus grand aux métayers mes
maîtres, et à ta famille. Je suis loin de
trouver bon ce qui s'est passé, et quand
maître Huriel m'a dit qu'il allait faire pâturer par ici, et faire sa couchée à la
belle étoile, comme ils font en tout temps
et en tout lieu, je lui avais enseigné cette
chaume, et recommandé de ne pas laisser
promener ses mulets dans les terres en-
semencées. Il me l'avait promis, car il
n'est pas méchant ; mais il a les sens bien
vifs et ne reculerait pas devant une bande
de monde qui lui tomberait sur le corps.

Sans doute, il pourrait bien demeurer sur la place ; mais je te demande, Tiennet, si un dommage de dix ou douze boisseaux de grain (je mets tout au pire), mérite mort d'homme et tout ce qui s'en suit, pour ceux qui auraient fait ce mauvais coup. Retourne donc à ton bien, vire les mauvaises bêtes, mais ne cherche querelle à personne ; et si on te questionne demain, dis que tu n'as rien vu, car de témoigner en justice contre un muletier, c'est quasiment aussi mauvais que de témoigner contre un seigneur.

Joseph avait raison ; je m'y rendis, et repris le chemin de chez nous ; mais je n'en étais pas plus content pour ça, car de recu-

1   16

ler devant la crainte d'un défi, c'est sagesse
pour les vieux et dépit pour les jeunes.

J'approchais de ma maison, bien décidé
à ne me point coucher, quand il me parut
y voir de la clarté. Je redoublai des jambes,
et, trouvant, grande ouverte, la porte que
j'avais laissée fermée au loquetoir, j'avançai
sans froidir, et vis un homme dans ma cheminée, allumant sa pipe à une flambée qu'il
s'était faite. Il se retourna pour me regarder, aussi tranquillement que si j'entrais
chez lui, et je reconnus l'homme encharbonné que Joseph nommait Huriel.

Alors la colère me revint, et, fermant
la porte derrière moi : — C'est bien ! que

je fis en m'avançant sur lui ; je suis content que vous veniez dans la gueule du loup. Nous allons nous dire deux mots, à cette heure.

— Trois, si vous voulez, fit-il en s'asseyant sur ses talons et en tirant le feu de sa pipe, dont le tabac était humide et ne prenait pas. Et il ajouta, comme en se moquant : Il n'y a pas seulement chez vous une mauvaise pincette pour prendre la braise !

— Non, que je répondis, mais il y a une bonne trique pour rabattre vos coutures.

— Pourquoi donc ça, s'il vous plaît ? fit-

il encore sans perdre une miette de son
assurance. Vous êtes fâché que j'entre
chez vous sans permission? Pourquoi n'y
étiez-vous point? J'ai frappé à la porte,
j'ai demandé du feu, ça ne se refuse jamais. Qui ne répond consent, j'ai poussé
le loquet. Pourquoi n'avez-vous point de
serrure, si vous craignez les voleurs? J'ai
regardé vers les lits, j'ai trouvé maison
vide; j'ai allumé ma pipe, et me voilà.
Qu'est-ce que vous avez à dire?

En parlant comme je vous dis, il prit son
fusil dans sa main comme pour en exami-
ner la batterie, mais c'était bien pour me
dire : — Si vous êtes armé, je le suis pa-

reillement, et nous serons à deux de jeu.

J'eus l'idée de le coucher en joue pour le tenir en respect; mais, à mesure que je regardais sa figure noircie, je lui trouvais un air si ouvert et un œil éveillé si bon enfant, que je sentais moins de colère que de fierté. C'était un jeune homme de vingt-cinq ans tout au plus, grand et fort, et qui, rasé et lavé, pouvait être joli garçon. Je posai mon fusil au long du mur, et, m'approchant de lui sans crainte : — Causons, lui dis-je, en m'asseyant à son côté.

— A vos souhaits, fit-il, posant pareillement son arme.

— C'est vous qu'on nomme Huriel?

— Et vous Etienne Depardieu?

— D'où savez-vous mon nom?

— D'où vous savez le mien : de notre petit ami Joseph Picot.

— C'est donc à vous les mulets que je viens de prendre?

— Que vous venez de prendre? fit-il en se levant, à moitié, d'étonnement. Puis, se mettant à rire : — Vous plaisantez! On ne prend pas mes mulets comme ça.

— Si fait, lui répondis-je, on les prend en emmenant le clairin.

— Ah! Vous connaissez la manière? dit-il d'un air de défiance; mais les chiens?

— On ne craint pas les chiens quand on a un bon fusil dans la main.

— Auriez-vous tué mes chiens ? fit-il encore, en se levant tout à fait. Et sa figure flamba de colère, d'où je vis que s'il était d'humeur joviale, il pouvait aussi être terrible à son moment.

— J'aurais pu tuer vos chiens, répondis-je ; j'aurais pu emmener vos bêtes en fourrière dans une métairie où vous auriez

trouvé une dizaine de bons gars pour par-
lementer. Je ne l'ai pas fait, parce que Joseph m'a remontré que vous étiez seul, et
que, pour un dommage, c'était lâche de
mettre un homme seul dans le cas de se
faire tuer. J'ai écouté cette raison-là ; mais
nous voilà un contre un. Vos bêtes ont
gâté mon champ et celui de ma sœur ; de
plus, vous venez d'entrer chez moi en mon
absence, ce qui est malhonnête et inso-
lent. Vous allez me faire excuse de votre
comportement, me proposer indemnité
pour le dommage de mon grain, — ou
bien...

— Ou bien quoi ? dit-il en ricannant.

— Ou bien, nous allons plaider selon les droits et coutumes du Berry, qui sont, je pense, les mêmes que ceux du Bourbonnais, quand on prend les poings pour avocats.

— C'est-à-dire au droit du plus fort? fit-il en retroussant ses manches. Ça me va mieux que d'aller devant les procureurs, et si vous êtes seul, si vous n'agissez pas en traître...

— Venez dehors, lui dis-je, vous verrez que je suis seul. Vous avez tort de me faire injure, car, en entrant ici, je vous tenais au bout de mon fusil. Mais les armes sont faites pour tuer les loups et les chiens

enragés. Je n'ai pas voulu vous traiter
comme une bête, et, bien qu'à présent
vous soyez en mesure de me fusiller aussi,
je trouve qu'entre hommes c'est lâche de
s'envoyer des balles, la force ayant été
donnée aux humains pour s'en servir.
Vous ne me paraissez pas plus manchot
que moi, et si vous avez du cœur....

— Mon garçon, fit-il en me tirant auprès
du feu pour me regarder, vous avez peut-
être tort : vous êtes plus jeune que moi, et,
encore que vous paraissiez sec et solide, je
ne répondrais pas de votre peau. J'aimerais mieux que vous me parliez genti-

ment pour me réclamer votre dû, et vous en remettre à ma justice.

— En voilà assez, lui dis-je en lui faisant tomber son chapeau dans les cendres pour le fâcher; c'est le mieux cogné de nous deux qui sera le plus gentil tout à l'heure.

Il ramassa son chapeau tranquillement, le mit sur la table et dit : — Quelles sont vos coutumes dans le pays d'ici ?

— Entre jeunes gens, répondis-je, il n'y a ni malice ni traîtrise. On se *toure* à bras le corps; on tape où l'on peut, sauf la figure. Celui qui prend un bâton ou une pierre est réputé coquin et assassin.

— C'est comme chez nous, fit-il. Marchons donc, j'ai intention de vous ménager ; mais si j'y vas plus fort que je ne veux, rendez-vous, car il y a un moment, vous le savez, où on ne peut pas bien répondre de soi.

Quand nous fûmes dehors, à même l'herbe drue, nous mîmes habit bas pour ne nous point gâter inutilement, et commençâmes de nous tourer, en nous serrant les flancs et en nous enlevant l'un l'autre. J'avais avantage sur lui, pour ce qu'il

était plus grand de toute la tête et que son
grand abattage me donnait meilleure
prise. D'ailleurs, il n'était pas échauffé, et,
croyant avoir trop vite raison de moi, il
ne donnait pas sa force; si bien que je
le déracinai à la troisième suée, et l'éten-
dis sous moi : mais là il reprit son avoir,
et devant que j'eusse le temps de frap-
per, il se roula comme un serpent et m'en-
laça si serré que j'en perdais mon soupir.

Pourtant je trouvai moyen de me relever avant lui, et de lui revenir sus.
Quand il vit qu'il avait affaire à franche
partie et attrapait du bon dans l'estomac
et sur les épaules, il m'en porta aussi de

rudes, et je dois dire que son poing pe-
sait comme un marteau de forge. Mais
j'y serais mort plutôt que d'en rien sentir,
et chaque fois qu'il me criait *rends-toi*, le
courage et le moyen me revenaient pour
le payer en même argent.

Si bien, qu'un bon quart d'heure durant,
la lutte sembla égale. Enfin, je sentis que
je m'épuisais, tandis qu'il ne faisait que
de s'y mettre; car s'il n'avait pas les res-
sorts meilleurs que moi, il avait pour lui
l'âge et le tempérament. Et, de fine force,
je me trouvai dessous et bien battu, sans
me pouvoir dégager. Nonobstant, je ne
voulus crier merci, et quand il vit que je

m'y ferais tuer, il se comporta en homme généreux. — En voilà assez, fit-il, en me lâchant le gosier ; tu as la tête plus dure que les os, je vois ça ; et je te les casserais avant de la faire céder. C'est bien ! Puisque tu es un homme, soyons amis. Je te fais excuse d'être entré en ta maison, et, à cette heure, voyons les ravages que t'ont fait mes mules. Me voilà prêt à te payer aussi franchement que je t'ai battu. Après quoi, tu me donneras un verre de vin, afin que nous nous quittions bons camarades.

Le marché conclu, et quand j'eus empoché trois bons écus qu'il me donna pour moi et mon beau-frère, j'allai tirer

du vin et nous nous mîmes à table.
Trois pichets de deux pintes y passè-
rent, le temps de dire les grâces, car nous
nous étions bien altérés au jeu que nous
avions joué, et maître Huriel avait un
coffre qui en tenait tant qu'on voulait.
Il me parut bon compagnon, beau cau-
seur et aimable à vivre au possible ; et moi,
ne voulant pas rester en arrière de paroles et d'actions, je remplissais son verre
à chaque minute et lui faisais des jure-
ments d'amitié à casser les vitres.

Il ne paraissait point se sentir de la ba-
taille ; si fait bien m'en ressentais-je ; mais,
ne voulant pas le montrer, je lui fis offre

d'une chanson, et j'en tirai une, avec un
peu d'effort, de mon gosier, encore chaud
de la pressurée de ses mains. Il n'en fit que
rire. — Camarade, me dit-il, ni toi ni les
tiens ne savez ce que c'est que chanter.
Vos airs sont fades et votre souffle écourté,
comme vos idées et vos plaisirs. Vous êtes
une race de colimaçons, humant toujours
même vent, et suçant même écorce; car
vous pensez que le monde finit à ces col-
lines bleues qui cerclent votre ciel, et qui
sont les forêts de mon pays. Moi, je te dis,
Tiennet, que c'est là que le monde com-
mence, et que tu marcherais de ton meilleur pas, bien des jours et bien des nuits,
avant de sortir de ces grands bois auprès

desquels les vôtres sont des carrés de pois
ramés. Et quand tu en aurais gagné le
bout, tu trouverais des montagnes, et encore des bois tels que tu n'en as jamais
vus, car ce sont grands et beaux sapins
d'Auvergne inconnus dans vos plaines
grasses. Mais à quoi bon te parler de ces
endroits que tu ne verras jamais? Le Berrichon, je le sais, est une pierre qui roule
d'un sillon sur l'autre, revenant toujours
sur celui de droite quand la charrue l'a
poussé pour une saison sur celui de gauche. Il respire un air lourd, il aime ses
aises, il n'a point de curiosité; il chérit
son argent, et ne le dépense point; mais
il ne sait pas l'augmenter, et n'a ni inven-

tion ni courage. Je ne dis pas ça pour toi,
Tiennet; tu sais te battre, mais c'est pour défendre ton bien, et tu ne saurais pas en ac-
quérir par industrie, comme nous autres, esprits voyageurs, qui vivons partout comme
chez nous, et prenons par ruse ou par force,
ce qu'on ne nous donne pas de bon gré.

— Oui, j'en suis d'accord, répondis-je;
mais ne faites-vous pas là un métier de bri-
gands? Voyons, ami Huriel, ne vaut-il pas
mieux être moins riche et n'avoir rien à
se reprocher? Car enfin, quand, sur vos
vieux jours, vous jouirez de votre fortune
mal acquise, aurez-vous la conscience
bien nette?

— Mal acquise ? Voyons, ami Tiennet,
dit-il en riant, vous qui avez, je suppose,
comme tous les petits propriétaires de ce
pays, une vingtaine de moutons, deux ou
trois chèvres, et peut-être une pauvre
bourrique à nourrir sur le communal,
quand, par inadvertance, vous les laissez
peler les arbres et manger le blé vert du
voisin, courez-vous en offrir réparation ?
Ne les ramenez-vous pas au plus vite sans
rien dire, quand vous voyez paraître les
gardes ? Et s'ils vous font procédure, ne
pestez-vous contre eux et contre la loi ?
Et si vous pouviez, sans danger, les tenir
dans quelque bon coin, n'est-ce pas sur
leurs épaules que vous payeriez l'amende

à beaux coups de trique? Tenez! c'est par couardise ou par force que vous respectez la règle, et c'est parce que nous y échappons que vous nous blâmez, par jalousie des franchises que nous savons prendre!

— Je ne peux pas goûter votre morale étrangère, Huriel; mais nous voilà bien loin de la musique. Pourquoi raillez-vous ma chanson? Est-ce que vous prétendez en savoir de meilleures?

— Je ne prétends rien, Tiennet; mais je te dis que la chanson, la liberté, les beaux pays sauvages, la vivacité des es-

prits, et si tu veux aussi, l'art de faire fortune sans devenir bête, tout ça se tient
comme les doigts de la main ; je te dis
que crier n'est pas chanter, et que vous
avez beau beugler comme des sourds dans
vos champs et dans vos cabarets, ça ne
fait pas de la musique. La musique est
chez nous, elle n'est pas chez vous. Ton
ami Joset l'a bien senti, lui qui a les sens
plus légers que toi ; car, pour toi, mon petit Tiennet, je vois bien que je perdrais
mon temps à t'en vouloir.montrer la différence. Tu es un franc berrichon, comme
un moineau-franc est un moineau-franc,
et ce que tu es à cette heure, tu le seras
dans cinquante ans d'ici ; ton crin aura

blanchi, mais ta cervelle n'aura pas pris un jour.

— Pourquoi me juges-tu si sot? repris-je un peu mortifié.

— Sot? Pas du tout, dit-il. Franc de ton cœur et fin de ton intérêt, tu l'es et le seras; mais vivant de ton corps et léger de ton âme, tu ne saurais jamais l'être.

Voici pourquoi, Tiennet, dit-il encore en me montrant les meubles qui étaient dans la maison : Voilà de bons gros lits ventrus, où vous dormez dans la plume jusque par dessus les yeux. Vous êtes gens de bêche et de pioche, et faiseurs de gran-

des tâches qui se voient au soleil ; mais il
vous faut ensuite la couette de fin duvet
pour vous reposer. Nous autres, gens des
forêts, nous scrions malades s'il fallait
nous ensevelir vivants dans des draps et
des couvertures. Une hutte de branchage,
un lit de fougère, voilà notre mobilier, et
même ceux de nous qui voyagent sans
cesse et qui ne se soucient pas de payer
dans les auberges, ne supportent pas le
toit d'une maison sur leur tête ; au cœur
des hivers, ils dorment à la franche étoile
sur la bâtine de leurs mulets, et la neige
leur sert de linge blanc. — Voilà des dres-
soirs, des tables, des chaises, de la belle
vaisselle, des tasses de grès, du bon vin,

une crémaillère, des pots à soupe, que
sais-je? Il vous faut tout cela pour être
contents; vous mettez à chaque repas une
bonne heure pour vous lester; vous mâ-
chonnez comme des bœufs qui ruminent:
aussi quand il vous faut remettre sur vos
jambes et retourner à l'ouvrage, vous avez
un crève-cœur qui revient tous les jours
deux ou trois fois. Vous êtes lourds et pas
plus gaillards d'esprit que vos bêtes de
trait. Le dimanche, accoudés sur des tables, mangeant plus que votre faim et
buvant plus que votre soif, croyant vous
divertir et vous reconforter en vous indi-
gérant, soupirant pour des filles qui s'en-
nuient avec vous sans savoir pourquoi;

dansant vos bourrées traînantes dans des chambres ou dans des granges où l'on étouffe, vous faites d'un jour de liesse et de repos, une pesanteur de plus sur vos estomacs et sur vos esprits; et la semaine entière vous en paraît plus triste, plus longue et plus dure. Oui, Tiennet, voilà la vie que vous menez. Pour trop chérir vos aises, vous vous faites trop de besoins, et pour trop bien vivre, vous ne vivez pas.

— Et comment donc vivez-vous, vous autres muletiers? lui dis-je, un peu ébranlé de sa critique. Voyons, je ne parle pas de ton pays bourbonnais, que je ne connais point, mais de toi, muletier, que je vois là

devant moi , buvant rude , mettant les
coudes sur la table, n'étant pas fâché de
trouver quelque part du feu pour ta pipe
et un chrétien pour causer? Es-tu donc
fait autrement que les autres hommes? Et
quand tu auras mené cette dure vie que tu
vantes, une vingtaine d'années, l'argent
que tu auras ménagé à te priver de tout,
ne le dépenseras-tu pas à te procurer une
femme, une maison, une table, un bon
lit, du bon vin et du repos?

— Voilà bien des questions à la fois,
Tiennet, répondit mon hôte. Pour un berrichon, ça n'est pas mal raisonné. Je vas
tâcher d'y répondre. Tu me vois boire et

causer, parce que j'aime le vin et que je
suis un homme. La table et la société me
plaisent même beaucoup plus qu'à toi,
par la raison que je n'en ai pas besoin et
n'en fais pas mon habitude. Toujours sur
pied, mangeant sur le pouce, buvant aux
fontaines que je rencontre, et dormant
sous la feuillée du premier chêne venu;
quand, par hasard, je trouve bonne table
et bon vin à discrétion, c'est fête pour
moi, ce n'est plus nécessité. Vivant souvent seul des semaines entières, la société
d'un ami m'est tout un dimanche, et dans
une heure de causette, je lui en dis plus
que dans une journée de cabaret. Je jouis
donc de tout, plus que vous autres, parce

que je ne fais abus de rien. Si une gentille
fillette ou une femme déterminée me vient
trouver dans mon hallier, c'est pour me
dire qu'elle m'aime ou qu'elle me veut.
Elle sait bien que je n'ai pas le temps
d'aller me planter auprès d'elle comme
un nigaud pour attendre son heure, et
j'avoue, qu'en fait d'amour, j'aime ce qui
se trouve, plutôt que ce qu'il faut chercher et attendre. — Quant à l'avenir,
Tiennet, je ne sais pas si j'aurai jamais
une maison et une famille : si cela m'arrive, j'en serai plus reconnaissant que toi
au bon Dieu, et j'en connaîtrai mieux la
douceur; mais je jure que ma ménagère
ne sera point une de vos grosses rou-

geaudes, eût-elle vingt mille écus en dot.
L'homme amoureux de liberté et de bonheur vrai ne se marie pas pour de l'argent.
Je n'aimerai jamais qu'une fille blanche
et mince comme nos jeunes bouleaux,
une de ces mignonnes alertes comme il
en pousse sous nos ombrages et qui chan-
tent mieux que vos rossignols.

— Une fille comme Brulette, pensai-je.
Par bonheur, elle n'est point ici, car elle
qui méprise tous ceux qu'elle connaît, se
pourrait bien coiffer de ce barbouillé, ne
fut-ce que par caprice.

Le muletier continua.

—Adonc, Tiennet, je ne te blâme
point de suivre le chemin qui est devant
toi ; mais le mien va plus loin et me plaît
davantage. Je suis content de te connaître,
et si tu as jamais besoin de moi, tu peux
me requérir. Je ne te demande pas la pareille ; je sais qu'un habitant des plaines,
quand il s'agit de faire une douzaine de
lieues pour aller trouver un parent ou un
ami, se confesse à son curé et dresse son
testament. Pour nous autres, ce n'est pas
de même ; nous volons comme les hiron-
delles, et on nous rencontre quasiment
partout. A revoir, une poignée de main,
et si tu t'ennuies jamais de ta vie de paysan,
appelle le corbeau noir du bourbonnais à

ton aide; il se souviendra qu'il a cornemusé un air sur ton dos sans fàcherie, et
qu'il t'a cédé par estime de ton bon courage.

SEPTIÈME VEILLÉE.

SEPTIÈME VEILLÉE.

Là-dessus, Huriel alla rejoindre Joseph, et moi mon lit, en dépit de la critique du muletier ; car si j'avais, jusque-là, caché par amour-propre et oublié par curiosité, le mal que je me sentais dans les os, je

n'en étais pas moins vanné des pieds à la
tête. Il paraît que maître Huriel reprit sa
marche bien allégrement sans se ressentir
de rien ; pour moi, je fus forcé de rester
couché environ une semaine, car je cra-
chais le sang, et je me sentais l'estomac
tout décroché. Joseph me vint visiter et
s'étonna de me voir ainsi ; mais, par mauvaise honte, je ne lui voulus point raconter
mon aventure, voyant que maître Huriel,
en lui parlant de moi, ne lui avait pas
mentionné de quelle manière nous nous
étions expliqués.

Il y eut grand étonnement au pays pour
le dommage des blés de l'Aulnières, et la

piste des mulets sur nos chemins fut une
chose imaginante.

En remettant à mon beau-frère l'argent
que j'avais si durement gagné pour lui, je
lui racontai le tout, mais sous le secret; et
comme c'était un bon gars bien prudent,
il n'en fut rien ébruité.

Cependant Joseph avait caché sa musette au logis de Brulette, et n'en pouvait
faire usage, pour ce que, d'une part, la
rentrée des foins ne lui en laissa pas le
temps, et que, de l'autre, Brulette, craignant la malice de Carnat, fit de son
mieux pour qu'il renonçât à son idée.

Joseph feignit de se soumettre; mais il nous parut bientôt qu'il manigançait un nouveau plan, et qu'il songeait de se louer dans une autre paroisse où il espérait d'avoir ses coudées franches.

Aux approches de la Saint-Jean d'été, il ne s'en cacha plus et avertit son maître de se procurer un autre laboureur; mais il ne fut jamais possible de lui faire dire où il voulait aller; et, comme il avait coutume de dire : *je ne sais pas*, à tout ce qu'il voulait taire, nous crûmes que véritablement il s'en allait à la loue comme les autres, sans avoir rien d'arrêté dans son vouloir.

Comme la foire aux chrétiens est grand-
fête à la ville, Brulette y alla pour danser,
et moi aussi. Nous pensions y trouver Joseph et savoir, à la fin de la journée, pour
quel maître et pour quel endroit il se serait décidé; mais il ne parut ni au matin
ni au soir sur la place. Personne ne le vit
dans la ville. Il avait laissé sa musette,
mais emporté, la veille, ceux de ses effets
qu'il déposait d'ordinaire au logis du père
Brulet.

Comme nous revenions le soir, Brulette
et moi, avec tout son cortége d'amoureux
et d'autres jeunesses de notre paroisse,
elle me prit le bras, et, marchant avec

moi sur le bas-côté herbu de la route, à
part des autres, elle me dit :

— Sais-tu, Tiennet, que me voilà en
peine de notre Joset? Sa mère, que j'ai vue
tantôt à la ville, est en grand chagrin et
ne se peut imaginer où il aura passé. Il y a
longtemps déjà qu'il lui a donné à entendre l'intention qu'il avait de s'en aller un
peu au loin ; mais de savoir où, il n'y a
pas eu moyen, et aujourd'hui cette pauvre
femme se désole.

— Et vous, Brulette, lui dis-je, m'est
avis que vous n'êtes point du tout gaie,
et que vous n'avez point dansé du même
cœur qu'aux autres fêtes?

— J'en conviens, répondit-elle. J'ai de
l'amitié pour ce pauvre gars lunatique.
D'abord, c'est par devoir, à cause de sa
mère; et puis, par accoutumance; et enfin, c'est pour estime de son flûtage.

— Est-il possible que le flûtage te fasse
tant d'effet?

— L'effet n'en a rien de blâmable,
cousin. Qu'est-ce que tu y trouves à reprendre?

— Rien; mais....

— Allons, explique-toi donc, fit-elle en
riant, car il y a longtemps que tu me chan-

tes je ne sais quelle antienne là dessus, et
je voudrais pouvoir te dire *amen* pour qu'il
n'en soit plus question.

— Eh bien, Brulette, lui dis-je, ne parlons plus de Joseph et parlons de nous
deux : ne veux-tu point comprendre que j'ai
un grand amour pour toi, et ne me veux-
tu point dire si tu y répondras un jour ou
l'autre ?

— Oh ! oh ! parles-tu bien sérieusement,
cette fois ?

— Cette fois comme les autres. Ça a toujours été très sérieux de ma part, même-

ment quand la honte me faisait tourner la
chose en badinage.

— Alors, dit Brulette en doublant le pas
avec moi, pour n'être point écoutée de
ceux qui nous suivaient, dis-moi comment
et pourquoi tu m'aimes ; je te répondrai
après.

Je vis qu'elle voulait des louanges et
des jolies paroles, et je n'étais pas des plus
adroits à ce jeu-là. J'y fis de mon mieux
et lui dis que depuis que j'étais venu au
monde, je n'avais eu qu'elle dans mon
idée, comme étant la plus aimable et la
plus belle des filles ; mêmement qu'à l'âge

où elle n'avait que douze ans, elle m'avait
déjà ensorcelé.

Je ne lui apprenais rien de nouveau, et
elle confessa s'en être très bien aperçue au
catéchisme. Mais, me raillant :

— Explique-moi donc, me dit-elle, pourquoi tu n'en es point mort de chagrin,
puisque je te rembarrais si bien ? et comment tu as fait pour devenir un gars si fort
et si bien portant, encore que l'amour
te fît, comme tu prétends, sécher sur
pied ?

— Ce n'est point là s'expliquer sérieu-

semént comme tu me le promettais, lui répondis-je.

— Si fait, répliqua-t-elle, c'est sérieux,
car je n'aurai jamais de préférence que
pour celui qui pourra me jurer de n'avoir
regardé, aimé et convoité que moi dans
toute sa vie.

— Oh ça, c'est bien, Brulette ! m'écriai-
je, et, en ce cas, je ne crains personne,
sans exception de ton Joset, qui, j'en conviens, n'a jamais regardé aucune fille, mais
dont les yeux ne voient rien, pas même
toi, puisqu'il te quitte.

— Laissons Joset, c'est convenu, reprit

Brulette un peu vivement, et puisque tu te
vantes de voir si clair, confesse que, malgré ton goût pour moi, tu as reluqué déjà
plus d'une fille. Çà, ne mens pas, je hais
le mensonge. Qu'est-ce que tu contais si
joyeusement, l'an passé, à la Sylvaine?
Et, il n'y a pas plus d'un mois ou deux, à
la grand'Bonnine, que tu fis danser, sous
mon nez, deux dimanches de suite? Crois-
tu que je sois aveugle, et que l'on m'en
donne à garder?

Je fus un peu mortifié d'abord, et puis,
encouragé par l'idée qu'il y avait un brin
de jalousie chez Brulette, je lui répondis
bien franchement :

— Ce que je contais à ces filles-là, ma
cousine, n'est pas assez joli pour que je
le répète à une personne que je respecte.
Un garçon peut faire des sottises pour se
désennuyer, et le regret qu'il en a ensuite, prouve d'autant mieux que son cœur
et son esprit n'étaient point de la partie.

Brulette devint rouge ; mais elle reprit
aussitôt :

— Alors, Tiennet, tu me peux jurer
que mon humeur et ma figure n'ont jamais été obscurcies dans ton estime par
la figure et la gentillesse d'aucune autre

fille? Et cela, depuis que tu es au monde?

— J'en ferais serment, lui dis-je.

— Fais-le donc : mais donne ton attention et ta religion à ce que tu vas dire. Jure-moi par ton père et ta mère, par le bon Dieu et par ta conscience, qu'aucune ne t'a jamais semblé aussi belle que moi.

J'allais jurer, quand, je ne sais comment, un souvenir me fit trembler la langue. Je fus bien simple, peut-être, d'y faire attention, car ça n'en eut pas valu la peine pour un esprit plus dégourdi que le mien ;

mais il ne me fut point possible de mentir, au moment où l'image me revint si claire devant les yeux. Et pourtant, je l'avais oubliée jusqu'à cette heure, et n'y eusse peut-être jamais repensé, sans les questions et commandements de Brulette.

— Tu n'y vas point vite, dit-elle ; mais j'aime mieux ça : je t'estimerai pour une vérité et te mépriserais pour un mensonge.

— Eh bien ! Brulette, répondis-je puisque tu veux que je sois juste, sois-le aussi.

Dans toute ma vie, j'ai vu deux filles,
deux enfants, l'on peut dire, à l'une des-
quelles j'aurais barguigné à donner la préférence, si l'on m'eût dit dans ce temps-là,
où je n'étais qu'un enfant moi-même :
« Voilà les deux mignonnes qui t'écoute-
» ront dans la suite des temps ; choisis
» celle que tu voudrais avoir pour femme. »
J'aurais sans doute dit : « C'est ma cou-
» sine, » parce que je te connaissais aimable, et que, de l'autre, je ne savais
rien de rien, l'ayant vue en tout, dix minutes. Et cependant, par réflexion, il est
possible que j'eusse senti quelque regret,
non parce qu'elle était plus parfaite que
toi en beauté, je ne crois point la chose

possible ; mais parce qu'elle me donna un baiser gros et bon sur chaque joue, lequel je n'avais et n'ai encore jamais reçu de toi. D'où j'aurais pu conclure qu'elle était fille à donner un jour son cœur bien franchement, tandis que la discrétion du tien me tenait dès-lors, et m'a toujours tenu depuis, en peine et en crainte.

— Où donc est cette fille à présent? demanda Brulette, qui me parut saisie de ce que je disais; et comment est-ce qu'on la nomme?

Elle fut bien étonnée d'apprendre que je ne savais ni son nom ni son pays, et que dans ma souvenance, je ne la pouvais désigner qu'en l'appelant la *fille des bois*. Je lui racontai simplement la petite aventure de la charrette embourbée, et elle en prit occasion de me faire plus de questions que je n'en pouvais contenter ; car il y avait déjà de la confusion dans mes remembrances, et je ne faisais point tant d'état d'une si chétive affaire, que Brulette en voulait supposer. Sa tête travaillait pour comprendre chaque mot qu'elle m'arrachait, et on eût dit qu'elle se questionnait elle-même, avec un peu de dépit, pour savoir si elle était assez jolie pour avoir tant d'exigences, et si le moyen

de plaire aux garçons était la franchise
ou le déguisement.

Peut-être qu'elle fut tentée un petit moment de me faire oublier, par des coquet-
teries, cette petite revenante que j'avais
dans la tête, et qui, plus que de raison,
lui portait ombrage ; mais après deux ou
trois mots de badinage, elle répondit à mes
reproches : — Non, Tiennet, je ne te ferai
pas un tort d'avoir eu des yeux pour une
jolie fille, quand la chose est innocente et
naturelle comme tu me la racontes ; mais
cette bêtise-là, dont nous venons d'amuser
nos esprits, a tourné le mien, je ne sais
comment, à des réflexions sérieuses sur

toi et sur moi. Je suis coquette, mon bon
cousin ; je sens cette fièvre-là jusque dans
la racine de mes cheveux ; je ne sais point
si j'en guérirai ; mais, telle que me voilà,
je ne songe a l'amour et au mariage que
comme à la fin de tout aise et de toute
fête. J'ai dix-huit ans, et c'est déjà l'âge
de réfléchir : eh bien, la réflexion ne me
vient encore que comme un coup de poing
dans l'estomac ; tandis que toi, dès l'âge
de quinze ou seize, tu t'es déjà questionné
sur la manière d'être heureux en ménage.
Et là dessus, ton cœur simple t'a fait une
réponse juste ; c'est qu'il te fallait une
bonne amie simple et juste comme toi-
même, et sans malice, fierté ni folie. Or,

je te tromperais vilainement si je te disais
que je suis ton fait. Que ce soit caprice ou
défiance, je ne me sens portée pour aucun
de ceux que je peux choisir, et je ne voudrais pas répondre de changer bientôt.
Plus je vas, plus ma liberté et ma gaîté
me plaisent. Sois donc mon ami, mon camarade et mon parent; je t'aimerai comme
j'aime Joseph, et mieux encore si tu es plus
fidèle à mon amitié; mais ne songe plus à
m'épouser. Je sais que tes parents y se-
raient contraires, et moi-même je le serais
malgré moi, et avec le regret de te mé-
contenter. Voyons, voilà qu'on nous ob-
serve et qu'on court après nous pour déranger le discours trop long que nous fai-

sons ensemble. Veux-tu ne me point bouder, prendre ton parti, et me rester frère ?
Si tu dis oui, nous ferons la *jaunée* de
Saint-Jean en arrivant au bourg, et nous
ouvrirons gaîment la danse tous les deux.

— Allons, Brulette ! lui dis-je en soupirant : c'est comme tu voudras ; je ferai mon
possible pour ne plus t'aimer que comme
tu me le commandes, et, dans tous les
cas, je te resterai bon parent et bon ami,
comme c'est mon devoir.

Elle me prit la main, et, s'amusant à
faire galoper ses amoureux, elle courut
avec moi jusque sur la place du bourg, où

déjà les vieux de l'endroit avaient dressé les fagots et la paille de la jaunée.
Brulette fut requise, comme étant arrivée la première, d'y mettre le feu, et
bientôt la flamme s'éleva jusqu'au dessus
du porche de l'église.

Mais nous n'avions point de musique
pour danser, lorsque le garçon à Carnat,
qui s'appelait François, arriva avec sa musette et ne se fit point prier pour nous
venir en aide, car, lui aussi, en tenait sa
bonne part pour Brulette, comme les
autres.

On se mit donc à baller bien joyeusement; mais, au bout de peu de minutes,

chacun s'écria que cette musique coupait les jambes. François Carnat y était encore trop novice, et il avait beau faire de son mieux, on ne pouvait pas se mettre en train. Il s'en laissa plaisanter, et continua, bien content d'avoir occasion de s'exercer, car c'était, je le crois, la première fois qu'il faisait danser le monde.

Ça ne faisait l'affaire de personne, et quand on vit que cette danse, au lieu d'adoucir les jambes déjà lasses, ne faisait que les achever, on parla de se dire bonsoir, ou d'aller finir la journée entre hommes au cabaret. Brulette et les autres fillettes se récrièrent, nous traitant de beuveraches

et de malplaisants garçons; et cela fit
un débat, au milieu duquel un grand
beau sujet se montra tout d'un coup,
avant qu'on eût pu voir d'où il sortait.

— Oui-dà, enfants! cria-t-il, d'une voix
si forte qu'elle couvrit tout notre vacarme
et se fit écouter d'un chacun : vous voulez
danser encore? qu'à cela ne tienne ! Voilà
un cornemuseux de rencontre qui vous en
baillera tant que vous voudrez, et qui,
mêmement, ne vous prendra rien pour sa
peine. Donnez-moi ça, dit-il à François
Carnat, et m'écoutez : ça vous pourra servir, car, encore que je ne fasse point mon

état de musiquer, j'en sais un peu plus long que vous.

Et, sans attendre le consentement de François, il enfla sa musette et se mit à en jouer aux cris de joie des filles, et au grand remercîment des garçons.

J'avais, dès les premiers mots, reconnu la voix et l'accent bourbonnais du muletier. Mais je ne pouvais en croire mes yeux, tant je le voyais changé à son profit.

Au lieu de son sarreau encharbonné, de ses vieilles guêtres de cuir, de son chapeau

cabossé et de sa figure noire, il avait un
habillement neuf, tout en fin droguet
blanc jaspé de bleu, du beau linge,
un chapeau de paille, enrubané de
trente-six couleurs, la barbe faite, la
face bien lavée et rose comme une pê-
che; enfin, c'était le plus bel homme
que j'aie vu de ma vie : grand comme
un chêne, bien pris de tout son corps,
la jambe sèche et nerveuse, les dents
comme un chapelet de graines d'ivoire,
les yeux comme deux lames de couteau, et l'air avenant d'un bon seigneur.
Il reluquait toutes nos filles, souriant
aux belles, riant jusqu'aux oreilles devant
celles qui n'avaient pas bonne grâce, mais

se montrant joyeux et bon compère à tout
le monde, encourageant et animant la
danse, de l'œil, du pied et de la voix ; car
il ne soufflait que peu dans la musette,
tant il était habile à gouverner son vent,
et disait, entre chaque bouffée, mille drô-
leries et sornettes qui mettaient tous les
esprits en joie et folie.

Et de plus, au lieu de compter les repri-
ses et carrements comme font les ménétriers de profession, qui s'arrêtent tout
juste, quand ils ont gagné leurs deux sous
par chaque couple, il se mit à cornemuser
d'affilée un bon quart d'heure durant,
changeant ses airs on ne sait comment,

car il passait de l'un à l'autre sans qu'on
en vit la couture ; et c'était les plus belles
bourrées du monde, toutes inconnues chez
nous, mais si enlevantes et d'un mouvement si dansable, qu'il nous semblait vo-
ler en l'air plutôt que gigotter sur le ga-
zon.

Je crois qu'il aurait cornemusé , et que
nous aurions dansé toute la nuit sans nous
lasser, ni lui ni nous autres, s'il n'eût été
dérangé par le père Carnat, lequel du cabaret de la Biaude, entendant si bien
mener sa musette, était arrivé, bien étonné
et bien fier du savoir de son garçon. Mais
quand il vit l'instrument dans les mains

d'un étranger, et François, qui prenait sa part de la danse sans songer à mal, la colère le gagna, et, poussant le muletier par surprise, il le fit sauter, de la pierre où il était juché, tout au beau milieu de la danse.

Maître Huriel fut un peu étonné de l'aventure, et, se retournant, il vit Carnat tout dépité, qui lui faisait semonce de lui rendre son instrument.

Vous n'avez point connu Carnat le cornemuseux; c'était déjà un homme d'âge en ce temps-là, mais encore solide, et malicieux comme un vieux diable.

Le muletier commença de lui montrer
les poings ; mais, retenu par ses cheveux
blancs, il lui rendit doucement la musette,
en lui répondant : Vous auriez pu m'avertir avec plus d'honnêteté, mon vieux ;
mais s'il vous fàche que je prenne votre
place, je vous la rends de bon cœur ; d'autant que je serai content de danser à mon
tour, si la jeunesse d'ici veut souffrir un
étranger en sa compagnie.

— Oui, oui ! dansez ! vous l'avez bien
gagné, cria le monde de la paroisse, qui
s'était tout rassemblé autour de sa belle
musique, et qui, déjà, s'était affolé de lui,
les vieux comme les jeunes.

— Or donc, dit-il en prenant la main
de Brulette, qu'il avait regardée plus que
toutes les autres, je demande, pour mon
paiement, de danser avec cette jolie
blonde, quand même elle serait déjà engagée.

— Elle est engagée avec moi, Huriel,
dis-je au muletier; mais comme nous
sommes amis, je te cède mon droit pour
cette bourrée.

— Merci! répondit-il, en me donnant
une poignée de main; et il ajouta dans
mon oreille : Je ne voulais point avoir
l'air de te connaître; si tu n'y vois pas

d'inconvénients pour toi, à la bonne heure!

— Ne dites pas que vous êtes muletier, repris-je, et tout ira bien.

Tandis qu'un chacun me questionnait sur l'étranger, une autre question s'élevait sur la pierre des ménétriers : le père Carnat ne voulait ni jouer, ni faire jouer son garçon. Mêmement, il lui faisait grand reproche de s'être laissé supplanter par un homme inconnu, et plus on voulait arranger la chose en lui disant que cet étranger ne prenait pas d'argent, plus il se fâchait rouge. Il en vint à ne se plus con-

naître quand le père Maurice Viaud lui
dit qu'il était un jaloux, et que cet étranger en remontrerait à tous ceux de son
état dans le pays.

Alors, il vint au milieu de nous, et, s'a-
dressant à Huriel, lui demanda s'il avait
patente pour cornemuser, ce qui fit rire
tout le monde, et le muletier encore plus.
Enfin, sommé de répondre à ce vieux
enragé, Huriel lui dit : — Je ne sais pas
les coutumes de votre pays, mon vieux ;
mais j'ai assez voyagé pour connaître la
loi, et je sais que nulle part en France les
artistes ne paient patente.

— Les artistes? fit Carnat, étonné d'un
mot que, pas plus que nous, il n'avait
jamais ouï employer. Qu'est-ce que vous
entendez par là? Est-ce une sottise que
vous me voulez dire?

— Non point! reprit Huriel; je dirai les
musiqueux, si vous voulez, et je vous dé-
clare que je suis libre de musiquer sans
payer aucun droit au roi de France.

— Bien, bien, je sais ça, répondit Carnat; mais ce que vous ne savez pas, vous,
c'est qu'au pays d'ici, les musiqueux payent
un droit au corps des ménétriers pour
avoir licence d'exercer, et ils en reçoivent

lettres-patentes, s'ils en sont agréés après les épreuves?

— Oui dà! Je connais cela, répondit Huriel, et sais très bien quelle monnaie il faut empocher ou débourser dans vos épreuves. Je ne vous conseillerais pas de m'y essayer; mais, heureusement pour vous, je n'exerce pas votre état et ne prétends rien chez vous; je joue gratis où il me plaît, et cela, nul ne m'en peut empêcher, par là raison que je suis reçu maître sonneur, tandis que vous ne l'êtes peut-être point, vous qui parlez si haut.

Carnat s'apaisa un peu à cette parole,

et il se dirent tout bas quelques mots que personne n'entendit, par lesquels ils se firent connaître l'un à l'autre qu'ils étaient de la même corporation, sinon de la même compagnie. Les deux Carnat, n'ayant plus rien à objecter, vu que tout le monde rendait témoignage pour Huriel, qu'il avait joué sans se faire payer, se retirèrent tout grommelants, et en disant des malhonnêtetés que personne ne voulut relever, afin d'en finir.

Dès qu'ils furent partis, on appela la Marie Gaillard, qui était une petite jeunesse très subtile de sa langue, et on la

fit chanter, pour que l'étranger pût avoir
son plaisir de la danse.

Il ne dansait pas de la même manière
que nous autres, encore qu'il s'accordât
très bien à nos carrements et à notre mesure ; mais il avait meilleure façon et
donnait du jeu à tout son corps si li-
brement qu'il paraissait encore plus
beau et plus grand que de coutume. Brulette y fit attention, car, au moment qu'il
l'embrassa, comme c'est la manière de
chez nous au commencement de chaque bourrée, elle devint toute rouge et
confuse, contrairement à son habitude,

qui était tranquille et indifférente à ce
baiser-là.

J'en augurai qu'elle m'avait un peu sur-
fait son mépris pour l'amour ; mais je n'en
témoignai rien, et j'avoue qu'en dépit de
tout, je me coiffais pour mon compte des
grands talents et des belles façons du muletier.

La danse finie, il vint à moi, tenant
Brulette par le bras et me disant :

— C'est à ton tour, mon camarade, et
je ne peux pas te faire plus grand remercîment que de te rendre cette jolie dan-

seuse. C'est une vraie beauté de mon pays,
et, à cause d'elle, je fais réparation à la
race berrichonne ; mais pourquoi finir si
tôt la fête ? Est-ce qu'il n'y a pas, dans
votre bourg, une autre musette que celle
de ce vieux chagriné ?

— Si fait, dit vivement Brulette, à qui
l'envie de danser encore fit échapper le
secret qu'elle eût voulu garder ; mais, tout
aussitôt, elle se reprit en rougissant, et
ajouta : du moins, il y a des pipeaux et
des porchers qui en savent jouer tant bien
que mal.

—Fi ! des pipeaux ! dit le muletier ; si on

vient à rire, on les avale, et ça fait tous-
ser. J'ai la bouche trop grande pour ces
instruments-là, et c'est pourtant moi qui
veux vous faire danser, gentille Brulette;
car c'est votre nom, je l'ai entendu, dit-il
encore en s'éloignant un peu avec elle et
moi; et je sais qu'il y a chez vous une musette belle et bonne, venant du Bourbonnais, et appartenant à un certain Joseph
Picot, votre ami d'enfance, votre camarade de première communion.

— Oh! oh! d'où savez-vous cela? dit
Brulette bien confondue. Vous connaissez
donc notre Joseph? Et peut-être pourriez-
vous nous dire où il a passé?

— En êtes-vous en peine? dit Huriel en l'observant.

— Si fort en peine que je vous remercierais, d'un grand cœur, de m'en donner nouvelles.

— Eh bien, je vous en donnerai, mignonne; mais pas avant que vous ne m'ayez remis sa musette que je suis chargé de lui reporter au pays où il est maintenant.

— Quoi? dit Brulette, il est donc déjà bien éloigné?

— Assez pour ne pas avoir envie de revenir.

— Vrai? Il ne reviendra pas? Il s'en va pour tout à fait? Voilà qui m'ôte l'envie de rire et de danser.

— Oh! ma belle enfant, fit Huriel, vous êtes donc la fiancée de ce petit Joseph? Il ne m'avait pas dit cela!

— Je ne suis la fiancée de personne, répondit Brulette en se redressant.

— Et pourtant, reprit le muletier, voilà un gage qu'on m'a dit de vous montrer, dans le cas où vous douteriez que je suis chargé d'emporter la musette.

— Où donc? quel gage? fis-je à mon
tour.

· — Regardez à mon oreille, dit le muletier, en relevant une poignée de ses cheveux noirs tout crépus, et en nous montrant un tout petit cœur en argent, passé
par son anneau à une grande boucle en
or fin qui lui traversait l'oreille à la manière des bourgeois de ce temps-là.

Je crois bien que ces oreilles percées com-
mencèrent à donner dans la vue de Brulette, car elle lui dit : — Vous n'êtes pas ce
que vous paraissez, et je vois bien que vous
n'êtes pas un homme à vouloir tromper de

pauvres gens. D'ailleurs, c'est bien à moi,
le gage que vous portez là ; ou plutôt c'est
à Joset, car c'est un cadeau que sa mère m'a
fait le jour de notre première communion,
et que je lui ai donné en souvenance de
moi, le lendemain, quand il a quitté la
maison pour entrer dans un service. Or
donc, Tiennet, me dit-elle, va t'en à mon
logis, chercher la musette, et l'apporte là,
sous le porche de l'église où il fait noir,
sans qu'on voie où tu l'as prise, car le père
Carnat est un homme méchant qui ferait
des peines à mon grand-père s'il savait
que nous nous sommes prêtés à une pareille chose.

FIN DU PREMIER VOLUME.